De duas, uma

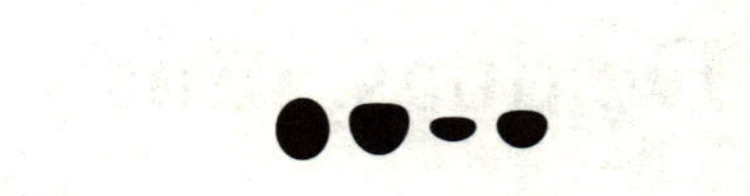

Daniel Sada

De duas, uma

tradução
Livia Deorsola

posfácio
Adriana Jiménez

todavia

Para Adriana Jiménez, minha mulher;
para Fernanda, nossa filha.

Porque quem ama nunca sabe o que ama
Nem sabe por que ama, nem o que é amar...
Alberto Caeiro

E agora, como dizer?: de duas, uma, ou duas em uma, ou o quê? As irmãs Gamal eram idênticas… Melhor dizendo, aliás, como sempre se diz: "Elas eram como duas gotas d'água", mesma idade e estatura, mesmo corte de cabelo, e de propósito. Talvez, ainda por cima, as duas também pesassem uns sessenta quilos – passemos ao presente: ou seja, de longe: qual é qual? Uma é outra, e a outra o nega algumas vezes, certamente em segredo, já que é muito chato ter um duplo de si, quase quase um grude, mas a culpa é delas, que, com o passar dos anos, pretendem imitar uma à outra mais e mais. Os tiques, os movimentos, os gestos iguais, como se fossem espelhos que se encontram. Será que se cansam?… É possível, se bem que, se se cansassem, suas almas seriam nulas. O caso é que: pela vida afora, sua única importância tem residido em sua semelhança, esse duplo sentido que provavelmente é um.

E, procurando outro jeito, para encontrar diferenças é preciso ir aos detalhes. Constitución Gamal tem uma pinta enorme na omoplata direita, enquanto a outra, não: se chama Gloria e é a mais silenciosa, a observadora, portanto… Esse detalhe físico é fácil de ocultar: simplesmente se vestem sem deixar descoberta aquela área. Que a roupa do dia a dia: uma delas seleciona a de ambas, a cor e a estampa, basta que uma escolha logo cedo: a outra apenas aceita… Não há discussão que valha a pena, não há caprichos repentinos.

Quanto à personalidade: que uma seja discreta e a outra tagarela também se resolve: não cair em excessos é a regra. E quanto aos nomes? Esses elas trocam, que diferença faz?! Sua ocupação de todos os dias: são costureiras, são tão perfeccionistas... Magras, lesmas. O que no começo era um inócuo devaneio tornou-se um ofício persistente.

Faz tempo, abriram uma oficina: aqui: em Ocampo: sobrevivem sem ostentações, convencidas de que o trabalho cotidiano é mania de feiticeiros, sendo assim, a sorte há de chegar depois de um grande esforço, a sorte é uma estrela que nenhum olho vê: deduções seguras, repensadas por ambas, oras!, seria até o caso de se falar em prosperidade, se é que suas pretensões não incluem alguma viagem que não seja pela região, conformar-se com pouco já é ganância, e saúde!, porque de vez em quando comemoram os elogios, colocam discos e dançam à noite. Embriagam-se: duas, três taças, se o dia seguinte for sábado ou domingo.

Por empatia, por lógica, confeccionam as próprias roupas, para evitar cair em excentricidades que muitas vezes não ornam com o gosto delas - os tecidos que conseguem são pechinchas - e as máquinas Singer de pedal são o símbolo ativo de todas as suas invenções. Um sonho ainda por vir é que tato, visão e miolos se articulem. Também a força de suas pernas tem um significado, força que com os anos já parece desvanecer-se, pois as gêmeas: não se sentem velhuscas, mas suas caras - se não passam creme noite e dia -, vistas de perto, nota-se que estão marcadas... Apesar de seus quarenta anos, continuam se parecendo.

— Se bobear pode ser que você seja Gloria e eu, Constitución.

— Bah!, talvez isso seja conveniente para as duas partes - manifesta-se sarcástica a outra, pois não acredita no que diz.

— Isso quer dizer que a velhice por fim poderá nos safar. Do contrário, vamos ter que aprender coisas sofisticadas de maquiagem e dieta, senão vai ser difícil nos manter parecidas.

— Mas não estamos velhas, quarenta anos não é nada quando se tem fé.

— Se Deus nos fez idênticas, não acredito que, já crescidas, nos passe a perna – proclama, convincente, a que supostamente é a mais taciturna.

— Tem razão, as pessoas ainda nos confundem à distância, até de perto... Mas nem tanto, acredite.

— Isso mesmo, seremos sempre iguais, você vai ver. Não podemos nos dar já por vencidas. – Depois do dito antes: com graciosa malícia, Gloria levanta um dedo o mais alto que pode, Constitución a imita, zombeteira. Bem loucas, gostariam de saltar como duas meninotas. Mas aí, paradas frente a frente, sentem vergonha por ter falado assim; então, cabisbaixas, voltam a suas máquinas.

Esse tipo de conversa não cabe entre elas, porque aí tem história, porque sua identidade foi um duro transe, que, minuto a minuto, dia após dia, foi se amalgamando até ser um espírito unívoco e fortuito. Quase se pode dizer que as Gamal são santas: uma pureza só.

Daí seus papos terem sempre servido apenas para dar ânimo e para que concordem sobre o que devem fazer. Por isso, a gozação provocadora revelada um momento atrás é prova fidedigna de seu amargor senil, por mais que o neguem... E aqui voltamos ao passado, um passado tranquilo, até que aconteceu isto: ainda gurias, filhas únicas, sim, com seus treze anos, seus pais, passeadores contumazes, morreram em um acidente na estrada. Na ocasião, as irmãs Gamal tinham ficado sozinhas, a pedido dos pais, gerenciando a casa em Lamadrid – não era a primeira vez –, sem empregada nem vizinhos nem amigos a quem recorrer; deduz-se, portanto, os problemas da família no que se refere ao social; de modo que, em confinamento, Gloria e Constitución enfrentaram aquela clausura dividindo, alegres, os afazeres. De fato, embora pudessem, não saíam à rua para tomar sol: não precisavam – valei-me Deus! –: quanto capricho! Some-se a isso, portanto, que seus pais não tinham deixado nem sequer uns trocados, mas sim a despensa cheia o suficiente para sobreviverem por umas duas semanas.

Claro que as duas manas jamais se perguntaram a razão pela qual os pais nem brincando as levavam com eles em seus longos passeios, o certo é que para ambas o fato de estarem sozinhas sem que tivessem escolhido isso foi uma espécie de laço que lhes jogou Nosso Senhor ou o destino – ou, se preferir, o Diabo. De modo que aqueles dias foram grandes, foram de aprendizagem: uma irmandade que cresce e que dá frutos: porque inventavam jogos até que se entediavam, porque inventavam pratos, porque falavam também do que iam fazer quando fossem mais velhas. Desta vez, no começo, a prolongada ausência dos pais as deixou muito felizes, mas... Digamos assim: uma semana: bem; duas semanas: quem se importa?! Mas já na terceira: o que aconteceu?: desassossego que surge sutilmente. Na quarta semana as gêmeas se ressentiram da falta de comida e acima de tudo da falta absoluta de notícias.

Bem, sobreveio o castigo aos progenitores por deixar as filhas ao deus-dará: foram destroçados! Soledad Guadarrama, a tia de Nadadores, foi quem as encontrou, famintas-moribundas, emboladas na cama: acobertadas. Sem pensar duas vezes, foi até o comércio mais próximo de onde trouxe uns quilos de carne e alguns remédios caseiros a fim de revitalizá-las. E se fez o milagre... Depois, sem muito tato, disse-lhes a verdade:

— Seus pais morreram em uma viagem. Parece que o acidente foi horrível, porque, segundo os laudos, os corpos ficaram sem cabeça, mas ainda assim foram identificados; na parte que me toca, quero dizer coisas mais tranquilizadoras. Já deram sepultura cristã a seus pais defuntos no cemitério de Múzquiz.

— E, que mal lhe pergunte: por que foram enterrados lá? – inquiriu a falastrona.

— Hum, certamente andavam por aqueles lados. Foi a autoridade encarregada de acidentes que deu a ordem. Enterraram todos amontoados em um poço gigante, para cada um dos mutilados puseram a cruz correspondente e o nome com grandes letras brancas, de tal modo que se algum familiar chegasse reclamando o cadáver procurado, era só pôr uns homens com picaretas e pás para executar a pesada tarefa do desenterro; os próprios reclamantes identificariam o corpo no meio daquela pilha sob a terra e então em completa liberdade poderiam levá-lo aonde bem quisessem.

— E os colocaram sem caixão? - perguntou a calada.

— Acho que sim...

Para que mais perguntas? Um silêncio espantoso se fez. Consideraram se a triste ideia de uma reclamação seria razoável, mas nem as manas, muito menos a tia, tocaram no assunto... Seria tão trabalhoso... Só o fato de ver rígidos e deteriorados aqueles seres queridos e de ter que trazê-los direto a Lamadrid travou a língua de todas. O constrangimento ficou em seus pensamentos.

Entretanto a tal omissão deliberada fez nascer nelas, naquele momento, um pico de culpa que com o tempo cresceu muitíssimo, até se tornar consciente. Porém, vamos nos situar no agora:

— Quero lhes dizer que já resolvi o que vamos fazer, e é que vocês vêm comigo a Nadadores. Vão viver na minha casa até se casarem. Terão que trabalhar no que for e procurar um noivo rápido, ou se preferirem ficar solteironas terão que guardar dinheiro suficiente para que com o tempo alcancem a independência. De seus rendimentos eu não pedirei nem um mísero centavo, deixo por conta de vocês, por isso as levo comigo, é uma forma de retribuir os grandes favores que seus pais me fizeram. Quanto a esta casa: colocaremos à venda desde hoje, de modo que: tirem suas coisas para passarmos o cadeado! Prometo que vou lhes dar o dinheiro conseguido daqui, embora eu vá ficar com uma porcentagem mínima, por ser a responsável pela venda. Então venham!

Como duas passaronas emplumadas, as irmãs Gamal escutaram os motivos expostos pela tia; elas: nenhum sussurro, estátuas vivas fulminadas por dentro. Resignadas e distantes, portanto: o que fazer? Compreenderam que apesar da tragédia a notícia veio da boca da tia mais querida e mais generosa, a única para quem essas duas eram algo maravilhoso, quem mais as visitava desde que tinham nascido. Era uma adoração: a que fez o cartaz de "vende-se" com esmero indizível, e o pregou na porta e...

Vamos depressa a Nadadores, lá, uma nova vida, cheia de tarefas, ainda que desprovida de vibrações plenas; essa estimada parenta era mãe de onze filhos: a maioria: umas pestes; o marido: fumante e roliço vendedor, sempre sem camisa, com ar indefinido, que se entregava a umas sestas inacreditáveis. Um espaço reduzido foi o que sobrou para as gêmeas. Dormiam em um quartinho na companhia de sete crianças, daquelas que à noite lhes puxavam os cabelos e até lhes levantavam os vestidos. Coisa insuportável. Mas, por se tratar de um favor, as manas não se atreviam a se queixar.

E como ainda eram adolescentes, a imagem dessa fase descreve-se de forma bem simples: é como alguém que quer alcançar algo que está no alto e não consegue e se irrita porque não lhe passa pela cabeça tirar a grande venda que impede de perceber, além disso: para quê? Mesmo assim se aproxima, vai subindo, conta com a formosura, tem vontade. Neste caso não; Gloria e Constitución cresceram ao contrário: meninas bonitinhas, nem tanto, e jovens feias. Daqueles duros anos de estadia em Nadadores, só lhes restou um estigma muito rançoso.

Luta e cálculo, apenas.

Perspectivas condenadas a não passar de certo limite por temores de importância bastante mediana. A longa temporada naquela cidadezinha poderia se resumir em duas palavras: "conseguiram trabalho". Que aprendessem arte e confecção na pequena fábrica de roupa: sim: foi arte e foi primor, embora sem criatividade, nada além de moldes refeitos, nada além de corresponder exatamente ao gosto alheio, sem toque pessoal, e, como recompensa, um amável salário e uma mácula em suas mentes. Ah, se no fundo tivessem umas tantas ideias superficiais, mas nem isso. Que jovens eram e que velhas também!

Dentro da pura praxe e da vã alteridade, dentro do equilíbrio verossímil; suportar porque sim, lamentar-se em silêncio, enfeando a alma. Mas: teve que acontecer: uma porta se abriu. Depois de alguns anos, cidadãs por lei, decidiram sair do sombrio labirinto; havia muito, sabiam que a casa lá de Lamadrid tinha sido vendida, mas por sovinice e talvez por malandragem, Soledad Guadarrama lhes retinha a porcentagem. Numa noite de chuva - à mesa, quando jantavam ovos com cebola e alho -, entre caipirices e manhas de linguagem, a tia lhes deu a novidade sobre a transação:

— A casa de vocês já é de outra pessoa; fiz uma venda perfeita, embora quero que saibam minhas razões, e são estas: quando forem legalmente maiores de idade, dou a vocês todo o montante. Enquanto isso não acontece, façam de conta que não têm nada. É meu dever moral não lhes dar agora.

E ampliou a desculpa: encheu-a de motivos mais que convenientes, enquanto, cada uma de seu lado, debaixo da mesa, contava com os dedos os anos que deveriam transcorrer até serem donas de sua porcentagem. Apenas Constitución achou por bem esclarecer:

— É certeza que a senhora vai pagar a nossa parte, não vai?

— Sim. Não pensem que sou pilantra. Vou sempre à missa, rezo muito.

— Quanto é? - indagou Gloria.

O marido, e tio só no nome, este: um vigarista distante, sem voz e sem graça, alisou os bigodes: era o momento de desaparecer. As crianças foram dormir. As três mulheres sozinhas passaram a falar sério. A cena demolidora: o foco de luz sobre elas, íncubo, e o ambiente nebuloso ao redor. Soledad pegou lápis e papel com sóbria destreza; poderia fazer contas falsas se quisesse, mas umas quantas notas de lucro seriam um veneno para seu coração.

Portanto, em seguida, a magia dos números pulsava. Divisões e subtrações, regras de três e: ao ser dita em voz alta, a quantidade-fantasma reluziu, tornou-se anseio por estar acima de qualquer suspeita. Foi como um baú de possibilidades. Os sonhos logo ali na vigília porque a insônia as dominou, tanto que no trabalho às vezes cabeceavam; o rendimento costureiro caiu, e por isso mesmo, fazendo mil esforços - aquele atletismo insano de levar uma vida mais ou menos sorridente dentro da familiona, e como se não bastasse: cumprindo horários impiedosos -, recobraram seu afinco, sabedoras de que sua imaginação as tinha apartado deste mundo. Os longos dois anos que faltavam para chegar à maioridade foram, como se diz, um tempo entre a cruz e a caldeirinha. Intervalo que não merece ser lembrado. Teriam que fugir, fugir com dignidade. Mas chegou a hora das entregas e das decisões.

— Queremos ir embora.

— Mas...

— Queremos viver agora por conta própria. Dê nosso dinheiro, a nossa parte... Também lhe agradecemos por tudo.

— E para onde vão?, se é que se pode saber.

— Não muito longe daqui, mas a outra cidade - Gloria disse imediatamente.

— Valha-me, Deus!, ao menos me digam o nome.

— Pois não vamos lhe dizer - bradou Constitución. — Não ouviu que não é longe daqui? No deserto, sim, no calor.

Sacramento, Castaños, Cuatro Ciénegas, um pouco mais adiante: Austrália e Finisterra et cetera: qual deles? Revisão e embaralho e desacerto por parte da tia, que, resignada, disse:

— Entendo seus motivos, mas nunca se esqueçam de que somos parentes. Estou à disposição, tenham ou não problemas, venham nos visitar quando quiserem, e para nos despedir quero dar um último conselho: casem-se logo e tenham muitos filhos! Os filhos são o prêmio da vida para qualquer mulher... Não digo mais nada, só quero pedir uma coisa: mandem o endereço para que eu possa escrever a vocês!

Soledad, em seguida, dirigiu-se ao colchão sob o qual guardava a milagrosa soma envolta em plástico. Fez a entrega do maço querendo ser muito fria, ainda assim, com humildade, chorou levando as mãos ao rosto. Elas, indiferentes, contaram as notas uma a uma. Comprovaram: e pronto: a quantidade, grande, seria toda para começar, se além disso somassem suas economias feitas a conta-gotas.

— Casem-se, repito.

Casar para quê, se sempre andavam juntas!

A quem escolher? Alimentar duas - tem graça -, bonitas de corpo, mas de cara: melhor é o silêncio: o que diria um possível aspirante... Eram boas mulheres, são, de peculiar talento e fina educação, mas quem as visse não adivinharia apenas olhando para elas. Aqui cabe o desejo: poderia ser que depois alguém as conquistasse: uma separada da outra: interessante, porque: "o que seria do amarelo se...": pois. A coisa se complica se afirmarmos que foi talvez por rara maldição - estando elas marcadas desde antes do nascimento pelo dedo de Deus ou do Diabo -: as ingratas com o passar dos anos iam se parecendo mais e mais: uma conjugação inevitável, em princípio genuína, feliz?, bem... O que se segue é o trâmite: preparar as malas, nem que fosse o necessário. Cada uma com duas, sem muito peso. Nenhuma posse vale o bastante quando há tanto dinheiro para gastar.

Agora a separação. Mãos de adeus do lado de fora da casa como um denso relevo que a si mesmo perfura: tia, marido fumante descamisado e, ao redor deles, as pestinhas sem alardes: em contida algazarra: sim, eles queriam correr atrás das gêmeas e levantar suas saias pela última vez para que não se esquecessem de suas cândidas travessuras.

Mas, se quisermos, há controle e irritação: efêmeras tristezas: há: parecem se completar: são: nós nas gargantas fáceis de desatar, e olhos fixos que olham para cá: para onde elas se voltam por mero compromisso em agradecer com sutil efusão. Até logo... Puxa! Depois, olhando para a frente, já, uma acentuada forma que ainda não prospera; não mais despedidas lastimosas, porque dizer adeus mais de uma vez é como salgar os passos seguintes, segundo a superstição nadadorenha; inclusive, é como regressar ao ponto em que estavam, porque todos os rumos se misturam. Fecha-se uma cortina e atrás se abre um espaço inverossímil e... Não. As irmãs Gamal aceleraram: cabelos desgrenhados esvoaçantes, idênticas. Verdade seja dita: não iam a nenhum lugar definido, ao menos não em espírito.

O pedalar – o presente – em ritmo de canção: de máquinas que quase são humanas, aqui, em Ocampo, sempre há o que fazer: a clientela cresceu e crescerá se continuarem como vão... Não obstante, Constitución e Gloria hoje pensam naquele começo como um tempo aprazível, que difícil arrancada de sua posição! Aqui: estão estabelecidas há uns dez anos, depois de rodar por diferentes lados nos quais não encontraram as condições propícias que procuravam. Ocampo é o lugar, continuará sendo enquanto tudo correr bem.

Façamos a recontagem: como tinham aprendido a trabalhar manhã, tarde e noite, o valor do dinheiro selou suas pretensões a ponto de perceberem que um níquel mal-empregado as levaria à ruína. Partindo dessa premissa, mantiveram intacto seu cabedal, que, apesar da alta constante de custos e preços, não chegou a se tornar simples miudeza. Não foram a pique porque aprenderam a viver sem luxos. Esse foi o aprendizado primordial.

Daquela dinheirama toda – porque a avareza também é um erro – beliscaram apenas um pouco para comprar uma câmera portátil de fotos em preto e branco. Era muito importante que as chapas tiradas não traíssem sua semelhança: comprovar, portanto, a cada instante, e não, nem mesmo assim.

Ao contrário, cada revelação as conjugava mais: os trejeitos hilários e de seriedade: de duas, uma, ou duas em uma ou... Então, fazer-se de pobre foi aprendizagem inteligente e assertiva, carente de complicações ou arrependimentos, e vislumbrar com ânsia muito cedo na vida a rota interminável do corte e da confecção, vê-la com olhos líricos e absorvê-la no espírito, sabedoras de que se se desviassem, poderiam cair redondamente em um abismo absurdo, foi o que extraíram de suas obstinações.

Enquanto isso, continuavam solteiras, e daí?, privilégio invejável e coragem maior, apesar dos conselhos da tia, com quem, claro, mantinham um contato à base de mensagens muito sucintas; de vez em quando fotos de Gloria, da parte dela, e fotos da outra, idem: tendo como fundo paisagens desoladas ou paredes de adobe: muitas elas enviavam apenas para não se afastarem e as respostas eram sempre as mesmas – chegando rápido aonde quer que elas morassem –: “Casem-se, tontas, já!, mas não sorriam ao primeiro que encontrarem; é preciso se dar valor, porque senão terão o que merecem”... Ambas abriam os envelopes com deliciosa indolência. Que grandes gargalhadas semelhantes! Tanta reiteração parecia uma charada insuficiente, uma ideia latejante que não sai de um círculo.

Mas aqui, se queremos fazer apreciações, não se pode dizer que elas se mantiveram na garupa de um homem, só faltava essa!... “Antes só do que mal acompanhada”, ditado conhecido, o mesmo que, fora de hora, escutaram em suas muitas e árduas aventuras, sendo que o simples fato de viverem sem os favores amáveis de um marido lhes deu mais integridade... O esforço e a fé: isso é o que aprenderam por terem aguentado, puríssimas, aqui, lá, acolá, e o prêmio de ser mãe seria para depois.

Mira-se a meta mais ou menos justa: nem sem querer olhavam para aquela provisão de notas, é que um capricho pode triunfar sobre um arrazoado – céus!, compreendiam isso muito bem –, e procuravam trabalho em diferentes lugares com o nobre propósito de se realizarem como costureiras, ganhando, por enquanto, salários humilhantes em troca de aprender variadas técnicas. Tiveram sorte até nisso, pois em qualquer povoado sempre faz falta alguém que dê tratos à roupa. À máquina ou à mão, se tornaram peritas nessa arte, tanto que até extraíram uma teoria disso. Aqui vai, então, o princípio:

"O segredo é a agulha, quando a tesoura já fez a sua parte." E segue uma longa explicação.

Uma era a professora da outra e a outra também tinha que ser. Suas conversas noturnas, acompanhadas de música romântica e de algumas bebidas generosas, em geral versavam sobre o dilema que existe entre a velocidade e a perfeição: qual de qual?: uma é forçosamente melhor, mas de acordo com o quê?

No ponto em que estavam era muitíssimo necessário pensar no futuro. Por isso é que olharam a bufunfa ainda enfiada na bolsa de plástico dada por Soledad... É bem verdade que houve hesitações, mas... Pensaram em Ocampo, povoado tranquilo, com gente muito amável – sobravam razões para experimentarem o lugar.

A decisão foi como um dia de claridade. Viajar e investir logo logo a maior parte do patrimônio. Compraram praticamente às cegas uma casa não muito grande, embora com um quintal mais para frondoso; compraram umas máquinas usadas: Singer, muito boas, além de um lugar para a nova oficina. Reservaram dinheiro para móveis, apetrechos, miudezas, compras e mais compras e... O que foi aquela história em Lamadrid, o horrível acidente dos pais e seu enterro profano no fim das contas, a vida em Nadadores, os percalços, as voltas por cima, o que se foi pelos ares em dado momento: ásperas recordações: com exceção de Soledad, a lendária tia que nunca visitavam para evitar repreensões, porque já eram trintonas e com opinião própria, mas a quem admiravam por ter sido honesta, por ter-lhes feito, do seu jeito, seguir em frente: ela não, ela é diferente.

— Temos que escrever a nossa tia.

— Sim, ela tem que saber onde estamos vivendo.

Passado certo tempo: na casa delas, uma vez, sob a porta: as gêmeas encontraram um envelope alaranjado, grande, bonito. Sem dúvida era carta de... Abriram e nela se dizia:

> Convido-as ao casamento de meu filho Benigno; nosso rapaz vai se casar. Venham as duas, faremos um festão. Aconselho a vocês que se arrumem de forma distinta, por exemplo: uma poderia vir com os cabelos soltos, contanto que a outra venha com um penteado de torre. Não devem usar roupas idênticas, não vão ficar juntas no casamento. Me escutem, vocês: virão muitos galãs e poderão pescar um. Dito isso, me despeço com uma bênção que lhes mando daqui, e lembrem-se de que na minha casa há uma cama grande para vocês, é que: estamos progredindo, não como antes, agora nos sobra até para passear. Bom, seria uma felicidade recebê-las outra vez. Atenciosamente, sua tia, que sente saudades: Soledad Guadarrama.

A data das núpcias estava indicada na parte inferior do cartão azul, especial para elas, como se pode ver... Faltavam quatro dias.

A essa altura – temos que nos situar –, as irmãs Gamal andavam lá pelos quarenta e dois anos. Na testa e na olheira, no pescoço e pálpebras, já se mostravam rugosidades muito evidentes, como se algum demônio fantasmagórico aparecesse pelas noites, quando elas estavam dormindo, para moldar seus rostos, e de passagem seus corpos, com a firme intenção de deixá-las mais parecidas: fazê-las uma só – coitadinhas –: tal como se a vida fosse puro e vão idealismo, já que o número dois jamais poderia ser um. Enfim, quanto à parecença, poderíamos nos estender, falar de proporções e profundidades análogas, mas...

Nesse convite – inutilmente amável – Constitución e Gloria encontravam a chave de suas preocupações, quiçá as mais recônditas: "Virão muitos galãs". Contrassenso grosseiro: porque: depois de ter lido aquela exortação, as gêmeas se viram de modo diferente, e a surpresa ambígua por se parecer tanto as deixaria, a partir de então, incomodadas. De fato. Não poderiam ir, as duas, a Nadadores.

Por muito que quisessem deixar de ser parecidas agora, maquiando-se, inclusive, cada uma para seu lado: sem combinarem, ou buscando por querer contrastes evidentes: não, a identidade delas já estava marcada, era uma maldição sem sentido, e sabe-se lá por quê. Ou seja: já tinham feito outras vezes: se uma se pintava, a irmã não o fazia; se uma usava vestido, a outra vestia calças... Mas não é fácil enganar as pessoas: assim tentaram a sorte em Sacramento, ou em Cuatro Ciénegas, ou aqui mesmo em Ocampo: eram identificadas: até nos ônibus, e ainda mais: a sorte no amor se reduzia a olhares demasiado fugazes: de seres distraídos. Pela mesma razão nunca iam a festas: daí se conclui que eram tão feiosas que por isso ninguém mexia com elas, nem de brincadeira. Logo, o caminho delas era estreito e, com o passar dos anos, mais estreito ficava... Um horror!, uma direção traçada, uma pátina antiga, talvez desnecessária.

Mesmo assim, esse casamento: era uma oportunidade, uma esperança, uma viagem recreativa, seria divertido, só para quebrar a rotina – um portento de minúcias. E elas, assim, não tinham de se afligir por serem umas preguiçosas, porque das sete às sete – doze horas completas de ocupação, bem, descontada uma hora e meia de descanso, incluída na jornada, o que é válido, como se sabe: o almoço, a limpeza da louça, para então se deitarem em diferentes camas: dormir a sono solto sestas profissionais de quinze ou dez minutos –, até aos domingos, a clientela chegava com seus tecidos, saía contente com sua roupa guardada em sacolas – de papel – com alças, que as gêmeas davam de presente apenas para agradecer a preferência. Apesar de que, com tanto vaivém de gente nos últimos tempos, já iam atrasando o trabalho, e para não cometer impontualidades, ficavam a coser até a meia-noite quase todos os dias. Daí a agonia a que nos referimos.

E então tanto sucesso – eram muito barateiras – as fez esquecer por longo tempo a falta de aquiescência no amor: os homens e seus beijos, a distância sexual, as formas felicíssimas de corpos enlaçados: lá longe, lá longe, como algo impossível: lá no céu é que estava a ternura.

Por isso a ruptura. A festa de casamento. Separar-se. Experimentar para ver se assim: a gnose de um milagre: a aparição insólita de um namorado. Mas que fosse para uma, porque para as duas não poderia ser. Falaram muito sobre isso, sobre os prós e os contras...

E decidiram tirar na sorte a ida a Nadadores. Águia ou sol?* Ganhou Constitución, pobre Gloria: que tremendo castigo ela teve! Teria que trabalhar em dobro. Pode-se dizer que devia fazer tudo correndo – sem os perfeccionismos habituais – para dar andamento às encomendas pendentes. Para ela, a aceitação aberta de sua derrota significava uma mudança de critério. Abrir mão de invejas para condescender, saber-se compreensiva, mas lá no fundo, que a verdade seja dita, desejava amargamente que a outra fracassasse, mesmo sendo sua igual. Se ainda se pareciam, Gloria quis negar isso ao sentir raiva por ter dado "sol".

* Águia e sol são as duas faces da moeda mexicana. A expressão equivale a nossa "cara ou coroa". (N. T.)

— Espero que você consiga algo bom: um homem de verdade; mas não se encha de ilusões.

Depois de tudo, cauta infelicidade, inveja muito aguda, porém sincero agouro, expresso em tom trêmulo por aquela perdedora que costurava sem olhar para o prazer juvenil de sua querida irmã, que, perspicaz ou sábia triunfadora de raiz, soube que era prudente não fazer comentários que dessem pé a uma discussão boba, era mais conveniente, portanto, aceitar o conselho, fingindo reprimir sua vitória.

— Tem razão, não devo me encher de ilusões.

Hipócrita, a dita falastrona, no entanto, se levantou em silêncio na madrugada, às escuras, procurando não fazer o menor ruído que estorvasse ainda mais a que estava estorvada. Etapas complicadas para se vestir e: apressada e eufórica, se dirigiu à oficina, que ficava a umas quatro quadras de casa não sem antes deixar, sobre a cama da outra, um bilhetinho, cujas linhas são estas: "Te espero lá. Vou fazer um vestido sob medida para mim com os tecidos mais finos que temos, sabe, estou feliz de ir a Nadadores. Afinal de contas, é minha oportunidade". Linhas que, ao serem lidas pela outra, a fizeram supor que havia aí, no fundo, uma mudança de atitude. Com que diabos estava sonhando a Constitución?

Falácias sem sustentação. Uma pirraça com um falso carinho.

Já estava escancarado o regozijo, beirando o transbordamento ou o esbanjamento, como se a vitoriosa quisesse provocar, de acordo com a interpretação da irmã derrotada, uma inveja com i maiúsculo ou uma fria oposição ou o quê, afinal?, e o maldito jogo de sorte parecia ter servido mesmo era para salgar a semelhança entre ambas. Um perigo iminente que... Gloria pensou consigo mesma: "Isto está me cheirando mal... Vou para a oficina. Vou colocar aquela lá em seu devido lugar".

Foi, sem nem sequer tomar café. Também apressada, até que... Sim, Constitución estava para cima e para baixo fazendo seu vestido; era tanto seu esmero que nem percebeu a chegada ruidosa da outra, a qual:

— Não posso ter inveja de você, afinal o que é seu é meu, e vice-versa. Não nos acertamos assim desde o começo? Não somos parecidas, ué? Não entendo por que você vem trabalhar a estas horas quase quase em segredo. Não gostei do recado que você me deixou. O que deu em você? Está achando o quê? Que bicho te mordeu?

Ao que a outra:

— Tem razão, não devo me iludir.

— Não, não se faça de humildezinha. Você está toda alvoroçada por algo que nem sabe o que é, e se não acontecer o que você pretende, não quero te ver triste quando voltar.

— Tem razão, não devo me iludir.

Teimosa feito uma mula, mas – hipócrita, boba – continuou trabalhando na costura sem escutar as repreensões furiosas da perdedora. A mesma frase "Tem razão..." et cetera: repetiu-a bastante, como se fosse seu único argumento. E amanhecia, e a outra – os papéis se invertiam: consequentemente – descarregou sua irritação até não ter mais chance que valesse, arrepender-se de: enquanto Constitución realmente viajava em seu anseio: o sabor do mel que goteja, a lentidão que acaricia ou as palavras ditas ao pé do ouvido por um galã utópico. Perfumes e olhares! Deixar-se inundar. Beijar.

Com isso, Gloria, depois daquela insossa impertinência, mostrou-se enternecida. Não sabia como se fazer de boazinha diante dos olhos da irmã que, no entanto, continuava com o trabalho duro e que: se respondia dócil, com aquele tom fresco e aprazível, é porque não desejava evidenciar sua conquista, ou, dito de outra forma, sua absoluta reserva intelectual.

— Me perdoe, mana... Meu desejo é o contrário: quero que você se divirta como nunca. Sei que suas alegrias e aleluias também serão as minhas.

Aqui há um desfecho talvez relativo, cada qual com sua opinião procurando subterfúgios, desdobramentos que vão até o miolo de um enigma insone ou de um falso princípio, onde a hipnose se detém e se concentra outra vez.

Tempo conjuntural. Obra de roedores, pois o que se impôs foi o silêncio.

Enquanto isso a clientela saía, entrava, discreta, agradecida, como se aquilo fosse uma marcha apócrifa de títeres e bonecos. A oficina: o cenário, e elas, por outro lado, pensando em desuniões e também em alianças repentinas. Sobre o casamento: nem se fala; sobre o jogo de sorte: tampouco; sobre a sorte: talvez... Durante aquele tempo funesto: comeram, trabalharam duríssimo em completo silêncio. As palavras: somente as necessárias. Houve apenas uma frase – e à noite: pouco antes de irem se deitar –, e foi Gloria quem disse:

— Na sua volta, espero boas-novas. Vou dormir tranquila, porque o que é seu é meu, você sabe.

Desfecho e partida, o dia da verdade.

Constitución foi embora. Da porta da oficina, a irmã alçou a mão para se despedir. Sempre existe uma primeira vez. Sempre existe uma ruptura, e os fios ficam soltos... Mas Gloria permanece obstinada e:

— Divirta-se muito e cumprimente a todos por mim, que você venha...

Já não quis dizer, porque a irmã logo tomou distância: tão pequena figura indiferente. Apenas flutuava o eco vagaroso. Por fim: intimidade, ideia que se desfaz.

Deste lado, a igual, a parte que não foi: nem lágrimas ou estratégias inúteis, nem modos clandestinos, senão proximidade e convicção. E então voltar-se, olhando o espaço de trabalho ao redor: um deserto concreto cheio de sordidez e de ar por entrar. A recém-nascida saudade e a palavra "ausência" infiltrada nas máquinas.

Ânimo, então!, por ser dez da manhã e dia de semana, ou seja lá que dia fosse, a clientela chegava exigindo, ou pagando alguma parcela, ou tudo de uma vez.

A montanha de trabalho pendente. Muito por produzir, e não faltou quem fizesse a pergunta esperada: "E sua irmã, onde está?", para que a resposta forçada fosse gentil, embora com certos traços de evasão. Chegavam, no entanto, outras muitas perguntas parecidas, às quais a mana tinha que responder quase a contragosto. A balbúrdia de interrogações só foi aplacada quando, ao entardecer, Gloria fechou a porta e continuou pedalando até a meia-noite. Sozinha, ensimesmada, contida.

Então, na hora de se deitar, junto com o cansaço veio a agitação. Imaginou o festão, a música envolvente, e sua irmã sentada em uma cadeira, afastada, muda, pássaro carpinteiro em um galho, pássaro ilustrativo, equânime, esperando que um galã educado e de boa estatura a tirasse para dançar, mas nem os rechonchudos se dignavam a tanto. Deitada na cama, Gloria recriava aquela cena triste, padecia dos pés à cabeça imaginando a hora em que a tia chegaria para fazer Constitución falar, levando-a com gosto para o centro da festa: os noivos jovenzinhos conversando, os brindes e os gritos de "viva!". Ali, no meio da gente. Ali, onde o roçar e as apresentações...

Aquela oportunidade, aquele momento, ah... Gloria fechou os olhos e embarcou no sono. Dentro, na imaginação, havia muitas trocas, encaixes passageiros, vultos esboçados e corpos que se lançavam no abismo. Assim, mais adiante, de algum lugar brotavam as formas impossíveis: os suaves desnudamentos...

Viajar à deriva, deslocar-se no ar, solitária e atônita. Depois eram as junções: em um ambiente azul, Gloria beijava um homem fantasmal, entregava-se plena às iniciativas de mãos e língua, enquanto sua irmã gêmea rodeava boquiaberta, sem poder se aproximar, apesar de tentar. Sim, um resto de fumaça que não desaparece, e a continuidade e a aproximação: um impulso para se amoldar ao silhuetismo iludido da paixão e da vontade: que são, por isso mesmo, ligeira complacência. Que grandes prazeres insinuados!, no entanto, tão inalcançáveis para ambas!

Bem-vinda à festa... Que vestido bonito! Escute, por que a outra não veio? Bom, compreendo, assim você terá mais chance de pescar algum galã. O que deve fazer é sorrir para todos...

Apertos de mãos que se esfumam. Passos de dança e taças quebrando. Risos em rodopio e frases que escapam. Cheira a licor, a carne, cheira a tudo... Tonturas, rostos, figuras confundidas, e a tia custodiando os acontecimentos... À contraluz, distante, porque assim é que deve ser...

O recomeço se deu quando, numa manhã, a irmã chegou a Ocampo, mais para lá do que para cá: o cabelo solto e a silhueta ali, na porta da oficina, de repente. Para evitar cumprimentos efusivos, Gloria fez que não a viu, ficou bem sentada à máquina de costura, pedalando abaixo, concentrada nos pontos por costurar, teria já um bom pretexto, o que dizer?: estava planejando.

Tinha a habilidade, tal como a outra, de não tirar os olhos do detalhe minucioso enquanto a clientela não falasse com ela; caprichos como esse podem ter seu valor, e isso abrange as duas, porque se desconcentrar em um caso desses poderia provocar até um acidente. Sabendo disso, a irmã não disse uma palavra, preferiu aproximar-se sigilosamente; para isso, tirou os sapatos de salto, deixando sua mala por ali. Já diante da outra, soltou sua melhor frase:

— Dancei a noite toda com um homem magro, de idade interessante.

Sim, incrédula e cansada, a perdedora levantou os olhos. Olhares que se encontram por adivinhação, também por apuro: não idênticas: não mais: durante aquele lapso trêmulo que parecia muito longo; então mais vacilante a sentada, e a de cabelos soltos mais coquete. Mas Gloria riu, como para não dar muita importância ao baile, segundo ela se tratava tão somente de uma arapuca, na verdade: uma gargalhada invejosa e por despeito que se apagou depois: quando:

— Ele virá à oficina no próximo domingo; dei a ele o endereço. Vamos sair para um passeio, combinamos assim. Pensei em levá-lo para ver as nogueiras nos arredores do povoado.

Por um instante Gloria tentou fazê-la lembrar do acordo de que o seu é meu e vice-versa, mas preferiu escutá-la, pois sabia sem dúvida que nas coisas do amor tinha que ser astuta: uma raposa, como diz o povo dos ranchos. A outra, entretanto, entusiasmada, com a permissão explícita da irmã, narrou a história do começo ao fim. O encontro, a festa de casamento como pano de fundo.

As despudoradas trocas de olhares que sugerem frio na barriga e convidam ao chamego, as palavras doces, escassas nos dias de hoje: que vão de um lado a outro empenhadas em tentar, ao beijo: por que não? Nesse caso: calma lá! Pelo contrário, para Constitución, com base nos conselhos de sua querida tia, era muito importante indagar a origem e a categoria do galã.

Que seja dito de uma vez: primeiro dar corda às visitas que, em seguida, permitam saber qual é a real intenção do pretendente. Dada sua idade e sua bagagem, ela não podia se descontrolar depois de um desvario.

De modo que não houve nem tomadas de mão cosquinhentas, exceto durante os requebrados, quando aconteceram os rodopios musicais... E lá fluíram os diálogos, dois perfis e um ar carinhoso, um futuro que veremos para onde aponta.

Imaginemos por um momento – é preciso fazê-lo – o ambiente e a cadência emoldurando o fato, o ímã que houve entre eles: Constitución toda coquete à meia-luz, e com aquele vestido tão bonito, definitivamente parecendo mais jovem. Imaginemos os olhos do galã quando a notou, aquele emudecimento diante da maravilha, assim, por instinto, sem outra expressão além de seu olhar fixo, o instante cabal, a sensação promissora compartilhada à distância e os estímulos para se conectar.

Um "sim" em seus rostos: árduo.

Tudo perfeito para que se desse o começo.

Aquele homem alto, de costeletas pontudas – e caído do céu, obviamente –, tem trinta e cinco anos. Um pouco mais novo que ela, dá para levar: aliás: pela ingrata ansiedade de quem padece de uma longa e incerta solteirice. É um homem muito suave, que usa chapéu e botas, um santo interiorano que sorri às damas tocando os bigodes para se fazer de importante. Mas, para dizer a verdade, não é pomposo. Basta conviver com ele e ponto final. Usa estratégias de conquistador como qualquer galã que compareça a um baile. Isso quanto a sua atitude, e no que se refere a suas atividades, vende e compra animais à vista ou em parcelas. Apenas cabras, porcos, sendo que ainda não conta com um veículo para fazer seus negócios, vendo-se, portanto, na necessidade de levar suas crias bem amarradas nos gradeados que têm o teto dos caminhões importados de segunda. Até isto: dizem que o negócio anda muito bem, e o galã já suspira pensando em algum dia não muito distante ser dono de um caminhão com redil que permita transportar o gado.

Deu senha e contrassenha do pretendente, um tal de Oscar Segura. Seus gostos, seus desgostos, abriu-se pra valer. Constitución, por certo, conseguiu obter o endereço verídico do galã – Rua Gómez Farías, número vinte e cinco; Colonia Zaragoza, lá na Ciudad Frontera –, que confirmou com Soledad, e o estado civil, em todo caso. Apesar de sua idade, vive com os pais e demais irmãos. É filho primogênito e boníssima gente, um verdadeiro exemplo de conduta, segundo as informações da tia, terno como poucos, desprendido de tudo, pois ajuda os pais naquilo que mais precisam. É um homem de grandes sentimentos, sem ardis mexeriqueiros, nem lastros de cinismo. Ao contrário: ético e cheio de mimos, um anjo batalhador.

De sua esguia figura, a vitoriosa fez uma descrição demasiado radiante, apinhada de pormenores que não vinham ao caso. Atrevida, a gêmea chegou a dizer que seria um privilégio para ela desenhar o fulano – sobretudo seu rosto – e, veloz, pegou um lápis e um pedaço de papel que estavam à mão. Embora agora sim tenha chegado o inconveniente:

— Não precisa tanto, posso imaginar tudo com palavras – disse a que perdeu.

Essa mesma, de modo a evitar as extremas jactâncias da irmã, que sem mais nem menos e, com humor de menina repreendida, vá lá saber, ou melhor: num canto fazendo suas mil obrigações, dirige-se à porta do negócio. Comportamento incompreensível.

Ali, refeita e austera, cruza os braços. Borboleteia por todos os lados ou simplesmente finge que o faz.

Há rancor, há dor, há inconformidade ou provável injustiça, sendo uma decalque da outra, e por causa de um jogo de sorte já não são. A dita silenciosa nunca teria pensado que bastava se separar por uns tantos dias para que surgisse a sina do amor. Eis aqui a diferença, porque uma sorte idêntica lhe haveria correspondido se aquela moeda tivesse dado apenas mais uma volta.

Constitución a olhou com estranheza, sim, quando colocou, como os carpinteiros, o lápis na orelha... O que aconteceu com sua igual? Por fim conseguiu entender que cometeu o erro de exibir-se em detalhes, não por bravata, apenas pela alegria de ser reconhecida por um homem, digamos que um homem qualquer, que procura uma mulher para... Porque antes – e é verdade – nem sequer um cavalo vinha na direção de alguma das duas, e Gloria, pela mesma razão, não podia ser sua cúmplice, nem nesse nem em outro idílio. Mas a falastrona não quis imitar essa atitude de enfado, o que fez foi começar a trabalhar, dizendo a si mesma: "Entendo a raiva dela, mas acho que vai passar. Ela apenas assiste, mas deveria se alegrar".

Enquanto isso, a clientela chegava correndo. Como de costume: elas não davam papo às pessoas, porque não gostavam de perder tempo; inclusive, na parede havia um cartaz que dizia: SOMOS PROFISSIONAIS OCUPADAS. LIMITE-SE AO QUE LHE DIZ RESPEITO. NÃO VENHA NOS DISTRAIR SEM MOTIVO. ATENCIOSAMENTE, AS IRMÃS GAMAL. Claro que isso não era bobagem. As gêmeas sabiam por experiência própria que as pessoas aproveitam as gentilezas para fazer muitos mexericos, ainda assim, naturalmente não podiam deixar de lado as boas maneiras que sempre praticaram entre elas. Nunca tinham gritado uma com a outra como feras, e não seria agora a exceção.

Daí que, diante da gente que entrava na oficina, afugentavam turvações e satisfações subconscientes do coração ou do gênio de mulheres íntegras até nos maus momentos, porque na frente da clientela deviam ao menos fingir uma elegância falsa, as cortesias concretas necessárias de quem sabe tratar bem a quem o procura. Sob essas condições – elas sabiam disso –, estava fundada grande parte de seu êxito.

Expedidoras rápidas, no entanto nervosas, assim como os sorrisos comerciais que eram obrigadas a expressar, porque senão... Não nos esqueçamos de que em todo lugar existe concorrência que, de forma sub-reptícia, fica à espreita.

Mas, bem, desta vez não foi como das outras. O homem que apareceu lá na festa de casamento era como um raio fulminante. Só pelo fato de ter vindo à tona, criava uma dialogia ainda inexplicável. Enquanto isso, os clientes chegavam e elas continuavam amuadas nas posições de antes: Gloria na porta: irredutível, e a outra em sua lida, e ainda por cima havia se esquecido de tirar o lápis da orelha.

Pareciam duas pirulonas malcriadas, mas só em alguns momentos, já que o entra e sai de gente não permitia que houvesse maiores consecuções. Foi Gloria a primeira a dar uma solução durante um desses lapsos em que estiveram sozinhas:

— Vou embora para casa, me bateu vontade e pronto, afinal acho que mereço. Ali te deixo o pacote. Bah, não tenho que pedir nem permissão. Quando você foi ao casamento, eu tive que me esfolar até a meia-noite por causa de tanta costura. Trabalhei mais do que o dobro. Agora é a sua vez... Espero você lá na hora de jantar. Estou querendo fazer uma salada gostosa para nós duas.

Sentiu-se o jeitinho na voz até o final: aquele "nós duas", em tom de sarcasmo áspero. A calada, veemente, por fim se revelou. Enquanto Constitución sentiu o golpe, leve, calmo, porém também capaz de ferir.

E fugiu a perdedora, a que tinha razão, a que quis se queixar sem exagerar muito, a ponto de a outra não se atrever sequer a censurar coisa alguma, já que: um comentário brando poderia ser catastrófico. Pois que fosse embora, o que que há?, não chegaria muito longe. A casa, o jantar. Atropelo compreensível: caramba!

Chegou a hora em que estiveram juntas à mesa, compartilhando a proeza culinária que Gloria havia preparado com esmero ímpar: salada caprichada vinda da feira e água de murta e então um presuntinho da região comprado sabe-se lá onde. De lamber os dedos!, isso tudo para evitar que a outra convencida lhe questionasse sobre seu comportamento: os braços cruzados e a cara franzida na oficina. É que talvez ela intua que as interrogações guardassem, lá no fundo, mais veneno que unção; mas o extraordinário, apesar de tudo, não consistia nos ardis furtivos que a vitoriosa usara para esclarecer as causas, e sim na diligência com que a perdedora tinha posto a mesa, essa arte meticulosa e evidente.

Os significados, os sentidos...

Não.

Entre ambas, não houve palavra que valesse. Constitución notava certa inveja domada à grande força naquela que era seu espelho. Inveja?, refletiu, talvez não fosse isso: por não haver trejeitos nem reclamações raivosas. Então? Durante aqueles momentos se impôs apenas o ruído dos talheres e de mastigações educadas, mais do que isso não houve, por essa razão, olhares de viés ou ao menos de leve... A prudência reinou concretamente: que fazer?; porque à que tinha vencido não sobrava mais do que se conter muito, mergulhando em tal assunto. Gloria terminou primeiro e, sem dizer "bom apetite", dirigiu-se apressada ao quarto. Apesar dessas grosserias demasiadamente infantis, para a outra ainda não tinha chegado a hora dos esclarecimentos, e claro!: optou por esperar, que acontecesse o que tivesse que acontecer, se é que podia acontecer alguma coisa.

Tragédia ou comédia?

O que vem depois é tão límpido como a luz do dia. Gloria foi dormir: insensata. Aquela que foi sempre tão comprometida, por assim dizer, um autômato da costura, pois hoje não, pois de jeito nenhum. Para amanhã, talvez, fosse um sonho estimulante deixar, com descanso e deleite, as rédeas do trabalho para a irmã, que saiu sem outro rumo que não a oficina, já que à noite poderia tocar nos assuntos esquivados durante o dia. Lá poderia também fiar procedimentos; e, portanto, pensou: "Ela está sofrendo, eu sei, mas quero pegá-la de jeito quando estiver mais calma".

Sozinha, e tendo a porta do negócio fechada, Constitución ficou até muito tarde elaborando maneiras, mas em pensamento, não trabalhou tampouco, pois não tinha certeza do que deveria fazer: se meter-se tranquila na costura e quais pontos: como?; se meter a tesoura no juízo ou no tecido: essas oposições infalíveis, por qual delas se inclinar: se pela vaidade de ter sido eleita por um homem minimamente asseado ou pelo fenômeno ou infelicidade de sua semelhança inevitável, a irmã: espelho, sombra, paradoxo ou maldição diabólica; pois se aquela era um estorvo de raiz... Fez como se fizesse – havia muito trabalho – e desistiu. Por ora o melhor era ordenar realidades, um dia mais que demorassem no que havia pendente não seria, afinal, um fracasso brusco, ainda que... Passou-lhe pela cabeça uma ideia que desde mais ou menos três meses antes até aquela data estava se tornando plausível.

Ei-la: deixar o cabelo comprido para fazer um penteado bem armado; e naturalmente usar uma roupa diferente da que usava Gloria; vestir-se com trajes sem manga para, de propósito, deixar à vista aquela enorme pinta que ela tinha na omoplata direita. Sim, que Oscar a notasse logo logo. Usar lentes fumê ou pintar a boca com mais intensidade, ou as sobrancelhas ou...

Voltas: revoltas em seu pensamento e, até a meia-noite, quando estava prestes a tomar a decisão, ou seja: ir encontrar a irmã para lhe explicar o que tinha resolvido, uma hesitação surgiu sem mais nem menos. Partindo da premissa de que as duas estavam enlaçadas desde o ventre materno, que tinham lutado tanto para viverem simplesmente como duas gotas d'água. Duas metades que eram desde sempre uma mesma semente, uma só pureza e uma só rota. Não, não podiam se separar e uma mudança a esta altura, como seria? Constitución, toda ela, teve que se arrepender, se envergonhar, por fim. Não podia suportar que a outra sofresse.

Desvios – e comando – até os sentimentos de igualdade. Situar-se do outro lado do espelho e dali entender, desejar ser a perdedora. Melhor assim. Como se algum demônio houvesse lhe mandado um recado urgentíssimo de alguma cova imemorial para que corrigisse suas argúcias. Condescendente, afinal. E apareceu, tinha que aparecer, a grata tentativa, a ideia de dividir o que tinha conseguido com tanto alívio e aceitando, portanto, todas as consequências. De uma vez, porque sim, o milagre abarca por inteiro as duas.

E saiu da oficina feito um raio. Antes, colocou o cadeado, mas se esqueceu de apagar todas as luzes. Não percebeu que esse esquecimento levantaria suspeitas, como a de que as manas tinham se abarrotado de trabalho e os dias e as noites já não eram suficientes; a de que ficariam cegas, talvez corcundas, por concentrarem-se naqueles alinhavados. Tudo bem, mas a essa hora, também lá na casa, as luzes se encontravam acesas. Por quê?

Muita luz e tristeza. Luz!: em outro sentido: o destino súbito. Fosse porque Constitución trouxesse a boa-nova enquanto a outra se entretinha com feijões – grãos secos, de bordas podres; ninguém vai pensar em reforços de costura –, matando ociosidades, recriando-as também: em sua amarga compreensão, mãos na toalha da mesa: inquietas de alguma maneira, não, não muito, porque para dizer a verdade Gloria insone pensava em coisas relativas à separação; se houve uma lágrima, esta brilhou tenaz e escorreu. Apenas dentro de si o motivo ardente encontrava sulcos, mas a vitoriosa, por mais prazenteira que se sentisse agora, não deixaria passar por alto aquela situação: a postura contrita de sua igual, sendo que era o momento de:

— Pensei que você estava dormindo, não é comum que a essa hora ainda esteja ocupada com feijões. Hum... Sei o que está te preocupando, mas vou te contar qual é a minha solução para que você não se aflija...

E se estendeu muito no que tinha planejado apenas um momento antes, que era, em resumo: "compartilhar o galã", era fácil dizer isso, mas por outro lado o jogo continha princípios infrangíveis, que, bem... E as consequências? Melhor são os fundamentos, que, vistos de fora, pareciam insensatos, até mesmo "emocionais". A dita muito sortuda, para arrematar, proclamou:

— Você bem sabe que entre nós duas existe algo misterioso que não pode ser rompido. Se Deus nos fez idênticas, deve ter sido para o bem.

— Mas você...

— Não existe "mas" que seja razoável, resta apenas dizer que o que é meu é seu e pronto.

O rosto da outra se iluminou.

Gloria!, ela!, ela também era talhada para o amor, para aqueles jogos sensuais abstraídos, luxos!, hálitos!, o que não esperava jamais, porque: quando já havia avistado a ruptura ao mexer os feijões: chegou o paradoxo. E as duas se abraçaram como se naquele abraço quisessem ser inteiramente um só espírito. Tinha chegado a hora de brindar.

Então, por fim: pegaram uma garrafa, uma daquelas de Club 45 que era puro o suficiente para deixá-las um pouco embriagadas.

Saúde!, disseram afinal, à felicidade, à irmandade perene, e sim: por ser como elas eram, este afundar-se indolente e ainda assim lutar contra as convenções do amor, contra o relativismo da carne, de ambas, dupla excitação, sendo assim que aquele bater de copos dava início a uma empreitada que talvez compensasse seus muitos sofrimentos. E colocaram seus discos e dançaram lépidas, para então, bêbadas, falar de precauções, glup!, e entre as gargalhadas surgiram delineamentos: sustentáveis ou não: mas festivos, já no dia seguinte haveria tempo para correções.

Para começar, usar belos vestidos feitos com todo o talento de suas mãos. Não permitir por nada neste mundo que Oscar Segura, crédulo e amoroso, lhes apalpasse muito suas vergonhas, sendo discreto, não porque rechaçassem esse encanto, imagine!; mas para evitar riscos, e eis aqui o imprevisto: é que, se ultrapassasse a roupa, ele bem poderia descobrir a enorme pinta que as distinguia. Da mesma forma, não poderiam vestir roupas transparentes, ou aquelas usadas nas temporadas de calor, as que deixam à vista costas e ombros, isso causaria um problema sem motivo. O importante, sem dúvida, era que as duas se chamassem "Constitución", deduza-se a cópia; o mesmo corte de cabelo, o mesmo tom de voz, até no grau mais sutil, a mesma doçura, proposital, semelhantes trejeitos e reações – não era uma espécie de ensaio, naturalmente –, e quanto ao que conversassem com o homem, tinham que transmitir uma a outra em seguida, quase quase palavra por palavra, isso para evitar um despropósito, para que nunca Oscar pudesse suspeitar que lidava com duas, e não com uma: a ideal: a que estivesse diante dele.

Entre brindes e gozações espontâneas, entraram em acordo sobre muitas coisas... Era Constitución quem mais estabelecia a pauta, e a outra assentia, sem investigações por fora nem esclarecimentos bobos, tudo era fluido, e longo como um rio, longuíssima fala...

Pararam de falar por causa da bebida, ficaram encurvadas, com as cabeças sobre a mesa da sala de jantar. Até o amanhecer: o desleixo.

Pouco se importaram de não trabalhar: e daí? O momento vivido requeria uma diversão. Isso sim, concordância, o primeiro encontro caberia, claro, à conquistadora... Além disso: os trabalhos pendentes, a clientela preocupada, por que a oficina tinha ficado com as luzes acesas, fechada, que terá acontecido? Por quanto tempo? Um dia!... Valeriam a pena dois.

Em resumo: as pessoas pensaram tolices.

— Olhe! Lá vem o galã, a três quadras, acho.

— Qual?

— Aquele que traz alguma coisa nas mãos, algo branco com um pontinho vermelho, mais ou menos.

— O que está de verde?

— Sim, esse, o que está perguntando para as pessoas, com certeza, onde fica a oficina e, olhe!, vem vindo para cá, caminha a passos largos.

— Nada mal... Apesar de...
— Mas e você, não se lembra do que combinamos? Ande, vá se esconder, rápido!
— É que... Não tem onde eu me enfiar, nem jeito de eu me agachar mais.
— Coloque um chapéu e saia. Não vá olhar para ele.
— Qual chapéu eu ponho? Não me diga que é o gorro alaranjado.
— Pois jogue algo em cima, um pano que cubra a cabeça, e vá, corra, corra, já!

Gloria acatou a ordem, colocou dois ou três trapos por cima da testa, um deles serviu para cobrir o rosto, deixando livre um olho; por causa do nervosismo, da urgência, quase tropeçou, mas saiu esforçando-se para se distanciar, obviamente, pela direção oposta ao trajeto de Oscar, que já estava de fato a um triz de chegar, sim, justo quando Constitución ansiava por cumprimentá-lo – o combinado se deu, mas sua intenção era não ser atrevida e, portanto, vaidosa, se postou ao lado da porta da oficina fingindo olhar para o céu, fazendo-se de difícil; a outra, enquanto isso, conduzida à força, parecia uma beata singular, e lá, ao dobrar a esquina, parou, tirou aqueles panos. Essa manobra tinha que ser notada por vários transeuntes, por não ser corriqueira.

Domingo. Dia de banho e de perfumes. Pela tarde as pessoas costumam sair mais, sobretudo no verão, durante aqueles agostos infernais: saem: para ver e serem vistas, por inércia se dirigem à praça: o ponto de belezas, de andares graciosos. Um mundaréu de gente hoje, e por isso não faltaria bisbilhoteiro que percebesse de relance os humores mórbidos da mana na esquina, à espreita, e ao longe a outra dita dificílima na porta da oficina de costura, naquela idade?, que cena!, e o fato de que uma delas se escondesse deliberadamente devia estar subentendido. Eram tão conhecidas!

Sob os olhos de Gloria, durante aquela aproximação única, a irmã vitoriosa – como queira – falava com o homem e em seguida fechou seu comércio com cadeado. Primeiro passo cumprido; é que, respeitando o pacto acima premeditado, o aspirante jamais deveria entrar na oficina, pois se visse as máquinas já estaria pescando informação por meio de perguntas, e um detalhe secundário, talvez circunstancial, lhe deixaria com uma pulga atrás da orelha, possivelmente duas; portanto não dar motivo: para nada: nem de brincadeira. Quanto ao resto, o homem tinha dado à irmã o que trazia nas mãos: um presente com laço de fita, que Constitución por acaso ruborizada abriu lentamente: ou seja: sem manifestações de satisfação. Bem. E como sabia a hoje observadora que os apaixonados iriam ver nogueiras nos arredores do povoado: os arredores estavam aqui: nesta direção, e então eles vinham, Gloria percebeu. Assim: correr até o outro lado, sem perdê-los de vista. Com isso, mais abandonado ficou o assunto, porque a infeliz espiã estava afinal obrigada a procurar esconderijo quase a cada instante ou pôr os panos na cara. Não. Por sorte se enfiou logo em um abrigo que de alguma maneira estava reservado para vê-los passar a certa distância e para que ela, por fim, respirasse fundo... Alvíssaras do destino... Depois: como uma viúva-negra, segui-los sigilosa colada nas paredes: onde houvesse.

Segui-los: tendo sempre os panos nas mãos, caso o galã se virasse sem motivo – tinha que se precaver –, poder cobrir rápido suas óbvias semelhanças. Pendente dessa estratégia, foi avançando, mas não houve problemas a respeito. Aquilo transcorreu como queria.

Contudo, durante a caminhada, ainda não tinham se agarrado, e que bom!, porque o desejo se afina, porque o amor assim, ao menos no começo, parece algo muito santo. Deus queira que seja assim por toda a vida!... Embora uma provadinha, uma diabrura leve, nunca seja demais.

Bem, lá está Constitución com seus pudores íntegros.

O caso é que chegaram ao lugar: o nogueiral esplêndido, onde havia troncos grossos e compridos no chão: perfeitos e românticos: para sentar-se e contemplar a tarde: sozinhos: olhando bem um para o outro, e os detalhamentos sugestivos, e Gloria presenciando de longe, por trás de um pinheiro, aquela cena idílica; bem gostaria também de imaginar a conversa, sentindo as cosquinhas que sua irmã sentia; aquela atmosfera de vozes em que cada palavra é um esboço e há, pode haver, carências interiores por fim manifestas em um trejeito ou em qualquer toque equivocado. Ali a nefasta luta contra a tentação, as carícias latentes e os beijos que dizem muitas coisas, mas que não podem ser proclamadas pelo simples mérito do comedimento, ou seja: até a vista turvar, então... Suas mãos no tronco e nada mais: bem quietas. Meras aproximações nas quais o silêncio é: quisera ser premissa, talvez nudez, amor, lealdade, substância: certeza que penetra: paixão que se dilata.

A demonstração de carinho foi um par de brincos de bolinhas, vidro furta-cor para Gloria exibir, porque:

— O próximo domingo vai chegar de novo. Agora é a sua vez, como combinamos. Mas você deve usar esses brincos – disse Constitución.

No entanto, o trabalho crescente na oficina: deveriam recuperar o tempo perdido porque, do contrário, a clientela iria embora. Naquele momento, a concorrência estava à espreita, outras oficinas, embora timidamente, iam surgindo, não para desbancá-las, mas sim para que elas sentissem em algum momento que não eram as únicas.

Depois daquele arranjo que convinha às duas de forma igual, já afastadas de transtornos, amenizaram por fim suas emoções e: seus objetivos eram os de antes: serem a número um a partir do trabalho humilde: lento, perfeccionista, comprimindo as horas como era o costume: manhã, tarde e noite, e ter mais controle sobre o tempo ao se perderem naquilo de pontos e costuras.

Com isso, de quebra, por certo evitariam que as pessoas direcionassem suas amarguras aos sentimentos de um namoro ainda em flor ou que o amor de uma influenciasse a outra para dividir por dois os brincos.

Devemos repetir que, sim, o receio apareceu uma vez, àquela altura era algo muito recôndito, muito infantil e tolo para que tivesse importância; vamos, nem sequer sobre isso fizeram alguma gracinha, sabedoras portanto de que o que agora planejavam viver poderia ser apenas um jogo passional, uma troça excitante.

Tampouco – ao menos no começo – passava pela cabeça delas que a vivência plena – sem julgamentos puritanos – do amor compartilhado resultasse depois em uma tragédia. Se ambas aceitaram a mentira, poderia ser que chegando a um excesso de ficção se concluísse como verdade um equívoco; uma verdade às cegas, mas aqui, digamos – e isso é possível – que as duas se casassem com o sujeito e que tivessem filhos iguaizinhos e que a confusão reinasse à margem dos bons ou dos maus costumes, dando mais corda: que o governo e a Igreja, dadas as circunstâncias, permitissem sem nenhuma discussão casamentos modernos de um com duas mulheres ou de uma moça com dois ou três rapazes... A experiência, pois: seria tragédia?, comédia, drama ou o quê?

Suposição e fé se complementam. Os et ceteras são, seriam alguma vez, certezas provisórias.

De outra forma – percebe-se – iam tecendo todas as suas metas. Tais prerrogativas, repensadas por Gloria e disfarçadas por Constitución, perpassavam os comentários que faziam. Tranquilas, sim, trabalhadeiras, davam preferência à lida, e quando não havia clientes aproveitavam para falar do homem, da artimanha, soltando indiretas sobre a incerteza quanto a seus anseios, resignações, e até isso de entender o presente e acomodá-lo rapidamente.

Apesar de...

Cada qual de seu lado guardava seus segredos, seus planos, para o caso de algo dar errado. Supondo isso, Gloria, cuja vez seria no domingo seguinte, quis ser um pouco traiçoeira: já que: ao ouvir durante as noites as recomendações de sua irmã, considerava o fato de não representar um papel secundário nessa relação. Ao contrário, queria também tomar iniciativas, mas não dizia quais, apenas escutava fazendo-se de santa, de mosca-morta que finge aprender. Falsa!, não há outro, esse é o adjetivo que merece. A irmã aludia sobretudo a coisinhas como estas: não deveria perguntar a ele sobre isto ou aquilo, para que Oscar nunca suspeitasse que a graciosa namorada era uma cabeça de vento, ou ainda mais, que não era detalhista, como são tantas mulheres por aí.

Durante as noites, enquanto jantavam algo leve – como costumavam fazer para cuidar da forma –, Constitución, esbanjando entusiasmo e sagacidade, queria esmiuçar ponto por ponto os elementos mais sobressalentes da última conversa, de modo que a outra não cometesse nenhuma gafe no próximo encontro, e na noite do sábado, a véspera, pegou papel e lápis para anotar os passos que deveriam ser seguidos: porque estava nervosa, e não era para menos.

Por ser o futuro ainda muito nebuloso, a dita falastrona deu bastante bola às preocupações do galã, mencionemos rapidamente algumas delas: ele tinha grandes dúvidas sobre a origem de Constitución: quem era sua família?, onde viviam seus pais, onde eles estavam?, ao que ela de imediato respondeu que tinha ficado órfã ainda muito nova e que sua tia lá de Nadadores foi quem a protegeu desde a puberdade até a idade adulta: aos vinte ou vinte e um anos, por aí, foi quando partiu. Dizê-lo assim, com tanta relativa honestidade, não passava de um truque feminino para ver quais seriam as reações do ainda aspirante, embora, para consolo dela, não tenha havido nenhuma exclamação que no fim revelasse sua estranheza; houve apenas um gesto contrariado, supérfluo, se preferir, um franzir de testa inocente, instantâneo, desprovido de perguntas, compreendendo que seu amor ou sua entrega eram de uma pureza indiscutível.

Depois, durante aquele encontro apaixonado, ele, de maneira obsessiva, fez referência a seu trabalho, isto é: o desmame das cabras e as dificuldades de vendê-las a contento; que os porcos não eram grande negócio. Daquilo tudo, a namorada verdadeira fazia esquemas abstratos, com flechinhas disparadas em direção às frases, vamos chamá-los preceitos, de maior transcendência.

— Não precisa de tanto formulismo. Juro que amanhã, quando ele vier, vou agir com cuidado. Não vou fazer perguntas sem sentido nem comentários comprometedores.

A outra respirou com frenesi, mencionando de leve:

— Desde o começo, quando estivemos sozinhos lá no nogueiral, percebi a vontade dele de me beijar na bochecha, ou na frente, ou quem sabe; ele se roçava muito em mim enquanto eu olhava para o horizonte, e eu não sentia nada além de seu ar de garanhão emocionado: eu: como uma égua arisca, imediatamente me virava e o grande decente ia para trás. Foi melhor assim, não é conveniente dar-lhe muitas asas.

“Não é conveniente o quê?”, pensava Gloria lá no fundo de si, onde a morbidez certamente estava sendo afiada.

E chegou o dia esperado e a oportunidade.

Aquela primeira vez...

A substituta seguiu à risca aquilo das quatro da tarde, penteado idêntico ao da irmã, reserva e seriedade, luzindo os brincos furta-cor: obséquio do galã. Oficina bem fechada – para efetivamente evitar preocupações – e, na porta, a figura radiante que viu Oscar igual: sem ilusões de ótica nem nada; que viu Constitución desde a esquina, como se agora ela fosse um pitéu indiscreto que assiste a um romance de longe querendo estar nele; que mais pessoas viram: naturalmente – o domingo, o calor, as vaidades: o afã, como se deduz –, tentando adivinhar qual das duas gêmeas seria a que ele namorava desde a outra semana.

Então o sujeito se apresenta com um ramo de flores nas mãos para, depois de uma troca de lisonjas, ir de novo com sua amada rumo ao nogueiral; mas houve uma mudança brusca, algo que saía do planejado: a perdedora desbragadamente atrevida grudou no rancheiro: quem: não houve outro remédio a não ser passar o braço pelo ombro, abraçá-la bastante e no meio da rua: à vista do povoado todo de uma vez: para caminhar colados e satisfeitos enquanto a outra, rente às paredes: como uma aranha: e também à distância apertava os lábios com muita raiva, pensando consigo mesma: "Aquela anta já se entregou. Espero que, por enquanto, se mantenha virgem, como deve ser".

Apesar de não haver como reclamar, tinha que ver a cena com minúcia, segui-los de qualquer jeito, e se sua irmã tinha se deixado apalpar tanto, ela teria que fazê-lo sem recusas absurdas dentro de sete dias. Lá, para a infelicidade da observadora, a tarde delineava-se sozinha, aqueles tons bravios cuja intensidade se desfazia contra a lonjura e contra aqueles amontoados de nuvens embebidas de grená e almagre tentando se acomodar entre as colinas. Uma moldura perfeita, única, para consentir, para os longos beijos.

E deu-se: a volúpia. Gloria e Oscar se entregaram, cederam lentamente, os lábios soltos, grandes, cheios: de instantes circulares e suaves superfícies. O desejo que motiva. Lá. Sentados no tronco: quando Gloria deixou o ramo de flores cair de suas mãos diante do homem: de propósito, e daí?, envolta em sedução. Triunfal ou tola, afinal. Aqui, e ao contrário, a namorada verdadeira, escondida detrás dos arbustos, criava suas fantasias, como se sentisse na própria carne aquela língua rancheira metida entre seus dentes. "Pare!", quase disse, por instinto, mas sua voz não saiu, não disse nada. Também quis, ao mesmo tempo, lançar uma lasca de pedra para separá-los, separar aquele abraço peito com peito, mas, por causa da distância, sabe-se lá se não acertaria as costas de um deles, ou talvez o disparo chegasse a outro arbusto de onde sem dúvida surgiria o colorido fugaz de muitas borboletas; e se rendeu, a coitada: resignada, seu papel naquele dia era apenas olhar, com a serenidade de quem compreende ou analisa.

Compreender que cabia razão à sua irmã, porque se logo houvesse algum problema entre elas por causa do homem – era questão de amarrar algo num dedo –, ao menos Gloria poderia se gabar faustamente de que durante um longo tempo conheceu para sempre o sabor do carinho ou de uma ilusão gentil.

Constitución foi embora como veio, com grande cuidado. Não quis olhar mais, sofrer em vão, portanto, a última cena vista havia tido uma reviravolta: aqueles lá conversavam, sentados, quase imóveis, de mãos dadas: dois perfis e, entre eles, como emblema, o matiz vespertino como uma matéria perpétua.

Foi-se: a dita vitoriosa tinha que ir direto para casa. Às apalpadelas: grudada nas paredes? Não precisava, dada a plenitude na qual estava o casal.

A próxima vez... Deveria ser como agora: essa era a lição que tinha aprendido de sua outra metade: não a abstinência idiota: senão: aqueles estímulos cândidos e abertos, embora não permitindo que o homem, em seu afã aleivoso e fogoso, tocasse suas pernas ou seus seios, nem por baixo nem por cima da roupa... Bah, duvidava. Lá, sozinha, deitada em sua cama, mergulhada em suspicácias, já queria que sua irmã voltasse, que não fosse tarde e despenteada por causa de uns amassos, seria a perdição se... E conforme os minutos passavam, ela pensou em excessos, ou seja: o pior: que Gloria e Oscar tinham se perdido entre os arbustos e que não tinham feito isso antes porque esperavam que anoitecesse; pensou que inclusive subiriam em alguma colina para, com excitação, experimentarem-se livres, longe dos olhares e do falatório, e assim... E ali, naquele momento, no auge da exasperação, ela escutou, para seu alívio, o estrondo da porta de entrada.

Era Gloria, sem dúvida... Sim, afinal: quem poderia ser? A outra metade, a que encontrou a casa em penumbras e silêncio, terrivelmente escura, apesar de a luz, através da cortina, insinuar contornos. Na aparência, o ambiente ganhava a cor sépia, como se fosse um emplastro de geleia de pêssego, e ela acendeu, sem mais nem menos, lâmpada atrás de lâmpada em busca da irmã; intrigada, avançou até o quarto onde dormiam as duas com o ramo de flores nas mãos; viu sua gêmea enfiada sob as cobertas – ufa!, pelo menos não tinha sumido –, com os olhos abertos, porém olhando-a muito fixamente com um tom de espanto ou de intimidação em suas pupilas; a outra não sabia se expressava sua alegria ou se perguntava se iam jantar.

Fúria mascarada e estáticos momentos que nenhuma delas conseguiu irromper. De sua parte, Constitución não quis cobrar o motivo dos beijos e dos amassos, uma vez que o plano era outro, mais lento, mais enfadonho. Olhavam-se de tal modo perplexas, como se de repente trocassem o bem pelo mal, e por isso fingiam ignorá-los, talvez os fundindo, acreditando fundi-los em um estado de ânimo onírico e longínquo, no qual nada é verídico porque não dura muito, porque no fim se perde, porque não encontra molde. E o olhar é, são tantas coisas. Não... Devia ser o cansaço.

O olhar contínuo das duas, de olho por olho: unidas, um só pensamento que não se rompe, conectadas, portanto, até as consequências. Olhares que manifestam.

Estáticas?... Quem sabe, porque: a única coisa que Gloria quis fazer foi entregar aquele ramo para sua gêmea. Era o convite a um prosseguimento ideal: a outra agradeceu a deferência, então: a beijoqueira, com timidez, disse:

— Podemos comer fruta no jantar, se você quiser...

Constitución se levantou, contente. Ambas foram para a mesa do lado de lá sem se tocar.

— Sente-se você, eu vou descascar as mangas que temos, vou prepará-las – disse Gloria, querendo ser muito doce.

A gêmea assentiu – manobras silenciosas – e: quando ainda estavam comendo, de repente se cruzaram de novo, não para sustentar o olhar como antes, ao contrário, mas Constitución deixou escapar um risinho singelo, uma insignificância figurada que sua gêmea não soube medir e que, sendo importuno, lhe pareceu uma troça desagradável.

Erro ou medo ou frágil despudor.

O que Gloria fez foi portar-se austera – pseudossentimental –, esperando por provocações ou reprovações, mas, vendo que a outra reprimia a gozação, à guisa de desforra sorriu com mais intensidade, como para dar importância a sua rigidez. A resposta foi clara, petulante: Constitución soltou uma gargalhada em cheio, fazendo com que a outra a seguisse... Concerto farfalhento. Em resumo, o nervosismo de ambas teve curso, era melhor o riso que a raiva, era mais sem-vergonha, afinal de contas.

Cresceu, cresceu o estrondo...

Incontidas, elas... No meio das tolas risadas, o relato lastimoso de suas vidas sem graça passava por suas cabeças como uma fita de imagens febris, na qual as circunstâncias – um monte delas – formavam um vazio, vazio que bem ou mal era um contrassenso do que nunca foram nem seriam: dois seres diferentes, dois conceitos, duas premissas que procuram unidade. Assim: deixaram-se levar por um acontecimento lírico, assim suas gargalhadas foram pranto ao revés pelo terrível fato de se parecerem tanto, de não poder serem outras nunca mais. Malditas gargalhadas que naquele momento eram ouvidas até da rua, e quem sabe, por que não, era muito provável, talvez fossem ouvidas em todo o povoado.

Evidência absoluta para que o passante que as escutasse pudesse supor que tinham ficado loucas por causa do amor de uma delas ou das duas por um - o diz que diz acerca do idílio já tinha se espalhado, e mal, por muitos lados - ou que estavam bêbadas, vá lá saber!... Possíveis conjecturas.

Logo veio a calma, como era de esperar. Gloria foi a primeira que se obrigou a ficar quieta, enquanto a outra já estava por fazê-lo. Ah, teriam que evitar as visitas dele, poupando-as com isso de uma segunda explosão especialíssima. Então: se comportaram teatrais de algum modo; afinal não, não era esse o objetivo, as abobadas trapaceiras não durariam, porque chegou o momento em que outra vez se viram cara a cara, como meninas travessas e: Constitución fingindo olhar para o prato com porções de manga não comidas: rompeu o gelo, decidida:

— Não sei se vi bem, eu estava longe e tinha diante de mim apenas o reflexo do sol, o caso é que notei que vocês estavam muito perto um do outro; enfim, nós duas crescemos com princípios, não é? Bem, não quero te ofender, mas suponho que você não deixou que ele tocasse nossas partes nobres.

Com efeito, para a perdedora, um complemento desses era muitíssimo previsível e ela respondeu tal qual uma filha que se justifica:

— Os abraços e beijos que você viu foram a única coisa que fizemos.

— Mas esse não era o plano, por que tanta avidez?

— Para que ele não te esqueça, para que se empenhe e pense muito no seu amor... - Agora sim, confessou com seriedade.

— É que...

— Espere... Ainda não terminei... Olhe, quero ser muito franca. Se me deixei beijar como você viu foi porque pensei que talvez, mais tarde, você fosse se arrepender por tê-lo me emprestado e quis aproveitar a ocasião, porque não tenho certeza se é a última.

— Pois você não deve andar imaginando coisas que são duvidosas. Eu não seria capaz de te trair, respeito os acordos.

— Eu também os respeito, não se esqueça de que tenho o mesmo sobrenome que você e não se esqueça tampouco de que perdi o sorteio e de que não fiquei com raiva quando você foi à festa de casamento.

— Sim, correto, não quero discutir banalidades. Não gosto de alfinetadas nem de confusões; não estamos aqui para isso. O que me preocupa é que não se pode remediar seu atrevimento. Agora tenho que fazer a mesma coisa que você fez.

— Faça, se quiser. Recomendo. É uma forma de tê-lo aos poucos, ao menos é o que penso; é preciso ir se soltando de pouco em pouco, para que se apaixone de verdade, para que não a veja como um arcanjo e desista depois, enfim, para que sempre volte. Além disso, lembre-se de que não somos mais meninas nem estamos tão fabulosas para usarmos nossos laçarotes.

— Talvez você tenha razão... Eu queria que o romance fosse devagar, mas já somos velhas e quem sabe ele escape...

— Exatamente, vá saber se nessas viagens que faz com tanta frequência ele não encontre uma mulher jovem e bonita?, você não deve descartar essa possibilidade.

Remate, paradoxo?: venceu a perdedora, a dita mui calada aprendeu muito. Aquele ponto de vista... - resultado, parece, de enganos dissimulados - era a solução que na verdade matava os pruridos da que tinha ganhado antes. E é preciso que se diga agora: no entanto se tratava de um jogo, ou de um estratagema desenhado por Gloria nos longos períodos de inibição e caráter a fim de colocar a outra em um dilema: vamos ver por quem ele opta em determinado momento. Criou um obstáculo incontornável usando maneiras suaves: tão enganoso truque, no entanto: desapercebido, certamente: para quê? É que a namorada verdadeira queria conciliar casualidades, porque as discussões surgem sempre de uma desproporção, e seu idealismo apenas: puritano, não chegava nem a ser conhecimento; bem que a beijoqueira havia repensado a armação pondo a irmandade acima de tudo, mas não o fez para frustrar drasticamente as ilusões de Constitución, e sim para atenuá-las, para assombreá-las um pouco, ao menos o espectro jovial do futuro.

O presente: ainda os olhares, como se escarafunchassem nelas um gesto simultâneo, e elas o encontraram, sim, um sorriso fresco, mas não deliberado.

Em seguida: as duas se dispuseram a recolher os talheres: sonâmbulas indolentes de fazer e resignar-se. As luzes acesas: apagá-las: noite e aborrecimento e a preocupação de que amanhã é segunda-feira e as pilhas de roupa na oficina: como um bolo colorido que será desmanchado: trabalhar – e harmonia e diligência... – das quais se lembraram antes de se deitar. Voltar a seu credo de enérgicos princípios. Pois uma semana as esperava: ufa: de intensidades e... Ainda bem que se esqueceram de tais obrigações, já que, bem: dormir de imediato significava mais, que coubesse ao sonho o que fosse.

E a virada: ambas tiveram um sonho parecido: em branco e preto: plano, sem dor nem emoção – muito cedo se puseram de pé para tomar banho, as duas, como todos os dias: juntas: ensaboando-se – e quando a água fria reativou seus sentidos, disseram uma à outra: nada: Oscar tinha se esfumado, claro que na vigília se lembrariam dele, mas que prova estranha! E então os preparos exatamente iguais. Mais do que em outras vezes, a pintada de boca valeu o mesmo que o penteado. Todos aqueles detalhes reluzentes. E prontas: qual é qual? Assim: já estavam à mesa: rápido café da manhã: qualquer coisa, e saíram.

Pouco antes das sete, a oficina de costura abriu as portas. Que viessem os clientes, mas os que vieram não eram clientes, apenas curiosos, e uma vez que a oficina geralmente não abria àquelas horas, entraram uns quantos, de dois em três, ou de um em um: madrugadores obstinados, apenas para confirmar o que se dizia por aí: "Uma das duas tem namorado?"; "felicidades!"; "bravo!"; risos por dentro: cínicos. Incômodos. Pobreza de espírito: as opiniões desses indagadores não eram bem-vindas. Uma tosca avalanche intencional. "Que sorte!, pois na sua idade não é fácil..."; "Tomara que seja estudado!" — "Sim, é": foi a resposta cortante que deu Constitución. Não se admitem perguntas desse tipo, e Gloria assinalava, com a agulha mais comprida que encontrou, o cartaz que há muito tempo tinham colocado ali: LIMITE-SE AO QUE LHE DIZ RESPEITO. [...] ATENCIOSAMENTE, AS IRMÃS GAMAL. As pessoas ficavam abestadas, a palavra na ponta da língua, indiscreta ou não, e saíam com o rabo entre as pernas. Títeres!, sobretudo: vigaristas bisbilhoteiros! As gêmeas, portanto, se perguntavam se era mais conveniente seguir na lida mantendo a porta da oficina fechada, para não ter que se esquivar de toda aquela gente, avançariam marmóreas – na santa paz, digamos –, unicamente com as interrupções rotineiras... A dúvida, ainda... Mas se pendurassem o incômodo cartaz: da porta: na parte exterior, teriam que conseguir um prego grande e um martelo forte, no entanto: caralho!, que perda de tempo! Além do mais, a verdade: seriam muito antipáticas se fizessem isso. Então...

Tudo na mesma e seguindo em frente. Por sorte, conforme o sol subia, deixaram de ser assediadas como na primeira hora, e tampouco parafrasearam entre elas, o quê? A clientela em si, a boa, naturalmente, a que sabia as regras, ia chegando de maneira bem espaçada, de modo que, em silêncio, ensimesmadas, elas produziram muito.

Não faltou o comentário, aproveitando a ocasião, de uma ou mais pessoas, em meio aos pagamentos e a entrega da roupa: "Muito cuidado, hein?!, pode ser que esse homem seja apenas um boa-vida". Ou: "Quando é o casamento?". Impossíveis respostas complacentes, mais pareciam vaias que outra coisa. Um "ainda não sei" por parte da namorada verdadeira certamente seria o suficiente, já que as pessoas não insistiam; bastava essa simpleza para que logo logo nascessem em Ocampo outros e entretidos mexericos.

Tão pequenino era ali, se bem que tão infernal, que os poucos bisbilhoteiros e tagarelas que havia nesse povoado já estavam à espreita.

"Muito cuidado, hein?!"

O tal pronunciamento ressoou na cabeça delas porque era um conselho bom, ao contrário de: "o casamento", a data, coisas assim, ainda não pensavam em problemas sagrados, e ainda que naqueles dias, ou seja, os precedentes ao próximo domingo, as gêmeas não tivessem falado do assunto, a desavença entre elas foi crescendo por causa de tantas glosas, o sentido que essas tomariam, equivocado, claro; no entanto, as Gamal se concentraram na montanha de roupa que deviam terminar e nos novos pedidos que graças a Deus não eram muito complicados: cortes sob medida, nada mais, com panos não muito finos nem adornos por todos os lados, mamão com açúcar para elas, logo se desvelaram muito trabalhando, queriam recuperar em pouco tempo o prestígio perdido por causa do romance, de acordo com suas deduções ligeiras, e o faziam deliberadamente à porta aberta, para que as pessoas soubessem que eram profissionais, com ou sem amor.

Mas a fofoca chegava todos os dias a seus ouvidos, quase de forma intencional. Os comentários grosseiros dos clientes, sem querer ou querendo, alguns às claras, insultantes, como alfinetadas por trás, as mantinham em xeque – mas: o que fazer?, semana de mutismo apesar de tudo, como se fosse um engano de virgens sofredoras, ainda que: apenas na hora de dormir podiam se dignar a falar sobre os mexericos, percebendo, de fato, que não era conveniente que uma das duas, como faziam, saísse para espiar a outra, pois chegaria o momento em que os fofoqueiros, inclusive os moleques debochados, diabinhos saltões, seguindo a que andava como aranha grudada nas paredes, por fim se posicionassem em diferentes lugares, perto da mata de nogueiras, as da margem verde, pelo lado sul, para observar os beijos que davam com a boca aberta Gloria ou Constitución e o galã, isso seria explosivo: de grandes consequências.

Para completar os males dali, por volta da sexta-feira, por baixo da porta da casa, apareceu uma carta de sua tia: a que estava em suspenso, a velhinha lá de Nadadores, que elas davam por morta ou algo assim ou parasita ou inválida: sem remédio, porque já não escrevia semana após semana como era seu costume. Abrem imediatamente a missiva e notam a letra trêmula, para não dizer agônica: "Filhas, como têm passado?, já soube que uma de vocês anda com um" – esta parte não dava para entender – "muitxco de mtg boas famíhxtjas" – o que se seguiu, sim, se lia de vento em popa –: "das melhores da Ciudad Frontera: os Segura, que embora" – aqui também a confusão da escrevedora – "não sejam muifo ricos dem boha conduite. Bem, o caso" – o que vem depois, sim, estava bem claro – "é que não sei à qual das duas corresponde. Rogo que me contem antes que eu morra, pois o reumatismo já não me deixa em paz. Oxalá haja casamento quando menos eu esperar; me avisem para que eu possa ir... Enfim, quero notícias de vocês, ou se tiverem preguiça de escrever linhas, sobretudo pela chatice de ir até o correio, preguiça de comprar, como se pede, envelopes tamanho carta, selos aéreos, mesmo quando a carta é enviada por ônibus, esses funcionários sem-vergonha, se isso é o que as impede, mais fácil é vir. Ocampo não é tão longe de Nadadores. Tenho certeza de que vocês chegarão muito mais rápido do que as cartas que escrevem... E saibam também que meu marido e eu queremos cumprimentá-las, eu me encarrego de fazer um jantar bem gostoso para vocês... Espero que" – aqui também havia garranchos – "a ostra já teinha pretendointe... Lembrem-se quie ég horríuvli viver semg ter filgos e siem ter mairido, e se uma de vocêus morreisse de rupente?, a que contilnue" – a coisa feia veio depois, porém com limpeza e esmero caligráfico – "vivendo: coitadinha!, por ser boba ficará em completo abandono, e será pior se tiver alguma doença, ui!, dói só de imaginar. Por isso repito o que venho dizendo desde que as conheço: Casem-se, por favor!... Aqui na minha casa" – e esta frase se fez sentir, porque a tia, de propósito, quis fazer umas letras bem grandes e redondas – "TODOS JÁ SE CASARAM. JÁ SOU UMA FELIZ AVÓ DE ONZE NETOS... DESPEDE-SE SUA TIA QUE PROCURA E QUER MUITO BEM A VOCÊS... P.S.: NÃO SE ESQUEÇAM DE ME RESPONDER".

Terminada a carta, as gêmeas ficaram como dois abutres na copa de uma árvore, ou seja: com vontade de voar; no jogo de olhares furtivos, suas caras decompostas não encontraram nunca um gesto pertinente. Não podiam se olhar, não se atreviam a isso. O alvoroço na cabeça de ambas era da cor branca, porque suas ideias eram um vil borrão de um odioso estrondo, porque aquela frase "Todos já se casaram..." significava uma chacota ou uma ameaça. Gloria, a que tinha o papel entre as mãos, mordendo os lábios, parecia desabar, mas sua raiva venceu e: sem pedir permissão a sua metade, furiosa, rasgou aquilo e arremessou os pedacinhos em um cesto que estava por ali, enquanto a outra, sem sequer mexer um único dedo ou dizer algo sobre a atitude da irmã, a absolveu, indulgente, por outro lado, quis entender seus motivos, que não eram outros senão os seus próprios.

Os pedacinhos do passado? Capítulo distante... Fumaça?... Sim, é isso o que queriam de uma vez por todas.

Diante da ofensa aberta, manifestou-se o rompimento, esgrime-se, apresenta-se isto: ao Diabo a família: a tia com seu conselho insistente, cingindo as manas, consideradas solteironas, essa carta era a última que leriam, e se chegassem outras com o mesmo refrão, como era de esperar – imaginavam que a famosa letra estaria então ainda mais nervosa, já incompreensível –, pois iriam destruí-las sem nem sequer abri-las. De outro modo, lá no fundo, para que enviar à tia fotos e cumprimentos se o assunto central era tão obcecado e humilhante, se a tia as tratava como umas meninas lesas? Além do mais, isso do casamento dos filhos em um espaço de tempo preciso – quando foram as núpcias e quando Soledad avisou a respeito? – não era mais que uma forma de pressão, uma mentira infame, uma insídia evidente para que elas se casassem no ato. Bah!, no entanto cada qual de seu lado guardava seus segredos e não se desdobrariam por uma atitude dessa natureza.

Foi por isso que não responderam, nem o fariam, sem dúvida, ordenando, com calma e apesar de tudo, tanto rebuliço psicológico, porque – conhecendo suas forças, seus impulsos – o vaivém passional de uma discussão deixaria completamente às claras seus planos com o galã. Sobre isso, se deduz que o futuro delas era bastante vago, e o amor: nem se fale, mas o jogo por enquanto era sua emoção e o que as fazia seguir.

Perto da meia-noite, no quarto, outra vez se olharam a pouquíssima distância, quase quase encostando seus narizes de águia. Seus olhos transluziam maior sagacidade, uma astúcia muito única e prudente. Mais unidas que nunca?: se abraçaram por fim, uma vez que estavam no mesmo barco. Cena sigilosa, na qual houve uma frase pronunciada talvez sem intenção:

— Fico contente por você ter rasgado aquela carta agressiva – disse Constitución.

Mesmo quando esse dardo fosse altamente tentador, Gloria, inteligentona, não explicaria a fundo suas razões: de sua parte, houve tão somente um rubor: um pouquinho sofrido, dir-se-ia ambíguo: sorrisinho irônico. Com isso, por *ipso facto*, o abraço demonstrado se desfez. A dita vitoriosa por conseguinte fez um sinal de chifre com os dedos, movendo-os para fora e para dentro, aquela boca desejosa, com sede inverossímil: seus lábios muito úmidos e feito bolas, veja só esta!: queria ficar embriagada, ao que sua metade disse não: balançando o dedo indicador. Em seguida ademanes, mãos por todos os lados, caretas e até ironia, riram e nem pensar!, porque as discordâncias resultantes são festim ao contrário. Aquilo... Pantomima e critério para saber sem sombra de dúvida que nenhum brinde seria adequado agora – não era sexta-feira nem sábado –, que amanhã teriam muito trabalho, que... Portanto, para cama.

Quimera? Precipício? Por escolha própria, a aflição sem sentido... Acontece que nenhuma delas sabia nem de brincadeira qual era o conhecimento indispensável para iniciar a sério uma vida diferente: com a semelhança entre elas pesando sobre os ombros, espelhos encontrados, ainda, espelhos que envelhecem. Assim, pareciam cegas, apesar de delirantes, que não encontram paredes nem nada que seja digno de ser tocado... Apenas Oscar: com paisagem por detrás, mesclada: para as duas: em uma: e rabiscos jorrando... À distância vem!, vem agora!, mas não... A sensação virtual desaparece.

Sonhos que se espalham, que vão e que voltam; dias e tarefas – e, como um deslize, as noites –: a realidade: ali: sem altos e baixos; a mesma coisa que as manas, com seus ruídos de sempre: labuta e mais labuta, de fato, assim: uma monotonia que busca afinco, um disfarce letal ou um princípio indeciso, porque: por Oscar vir, domingo após domingo, pontual, com presentes: pulseiras, fivelas, perfumes e pentes enfeitados, elas se apaixonaram: mas de forma parecida, interiorizada pois, como queira, submersas em sua arte: e: com o passar do tempo, aquele amor tornava-se saliente, não podiam evitar e não podiam dizer uma à outra, seria um padecimento em vez de uma alegria. Pouco a pouco, por sua vez, tais excelentes obséquios licenciavam em parte o asseado galã para beijá-las de leve, para de leve tocar-lhes os joelhos e as panturrilhas, de leve, quando dava – perdão, assim, da perspectiva do rancheiro, era um deleite: a namorada que cedia, às vezes defendendo-se, dos toques –, então ele, certo de que em suas viagens lotadas de gente naqueles ônibus leiloados, bem poderia imaginar os pernões de sua Constitución, e além disso o sexo – embora ele fosse decente: controlado –: a possibilidade, pensando nesse triângulo que as mulheres têm, de onde logo saem os rebentos, céus!, mas, por cima das muitas artimanhas, o casório seria uma coroação, daí que imaginara as querências, aqueles recebimentos amorosos quando o marido chega cansado do trabalho, a esposa, que o rodeia de um montão de filhos de uma só vez, aquelas comidas boas feitas por sua mulher ao ponto proverbial, aqueles anos de vida a dois, tranquila; em resumo: aquele desejo que ele ia degustando como a um vinho que absorve os sentidos e chega para sempre. Mas, antes, teria que dar duro, vencer muitas batalhas para alcançar o merecimento.

O pior é que elas o estavam enganando, mas não por serem desleais, e sim por causa da irmandade: a união tão defensora, até o extremo, aliás, de não se deixar ir na onda de uns dedos inquietos nem de uma boca que atua aos beijos, uma corrente estrita que não traz outro fruto a não ser o freio e a arrancada quando tenta crescer, é em essência um jogo extenso: sério depois: e importante ao mesmo tempo, já que a bendita pinta, se Oscar a descobrisse, muito cuidado, hein?... Por isso o passeio das mãos pela pele das manas nunca deveria chegar às costas ou aos ombros – sem abraços auxiliares –, portanto beijos castos e, abaixo, as apalpadelas: entre o joelho e a panturrilha.

Mesmo assim são três bocas – a rigor, das duas: uma... E a outra que aceita: três!, é verdade que falam, comem, riem, apostam que é o começo de algo que desemboca em: há mais felicidade no silêncio? Essas bocas tão namoradeiras, tão irmãs e depois diabólicas, santas: as transfigurações e a diversão de não ser você nem eu; nós: aparência, nós ante tudo, e então...

Labuta e mais labuta, cada qual com seu credo, porque Gloria, ao beijar o namorado figurado, se esquecia de sua irmã, de modo que a lembrança daqueles sortilégios servia como tema de seus sonhos: tanto para a igual quanto para a outra, e para Oscar, naturalmente. Fosse comendo, dormindo ou ainda em plena bebedeira: muita viagem mental.

E claro que quando saíam, cada qual para seu lado, levavam na alma um pedaço do outro. Triângulo, afinal: três pontas carcomidas e uma conjugação: coloquemos de forma indireta: duas pontas semelhantes e a terceira distante em remate.

Conjugado o ardor: reprimido, obsessivo, em alta conformidade com as regras do jogo; justamente se explica que, por causa da tamanha uniformidade em suas ações – sempre ponderadas –, nas ígneas cabeças dos três tinha aflorado uma ânsia convulsiva, para dizer tudo, mas era preciso esperar.

Apesar de...

Convenhamos que entre seres idênticos o mimetismo abarca inclusive reservas dolorosas não suscetíveis de difusão ou indício e perspectivas a longuíssimo prazo, mas incomunicáveis. Assim, com os anos, tinham chegado ao ponto de ter intuições à distância, de saber que uma pressente a outra sem ao menos ter a intenção. Vamos direto ao ponto então: as irmãs Gamal se comunicavam até durante os cochilos, sim, gêmeas até dizer basta, orgulhosas de ser, e eis aqui algumas das comprovações:

Quando uma se olhava muito no espelho, por exemplo, enquanto se maquiava, aos domingos, umas duas horas antes de o namorado chegar, a observadora sentia que era sua irmã a que se refletia naquele cristal enorme e paradoxal, que, por zombaria, fazia questão de imitá-la em seus adornos e que de vez em quando – por que não? – piscava-lhe rápido algum olho; tudo voltava à realidade quando de repente a gêmea se colocava ao lado dela, só para irritá-la: pois: eram quatro iguais: céus!, quem era quem? Se o reflexo estivesse certo, elas eram fantasmas ou o contrário. Sumo desmentido ao sair completamente daquele reflexo, que: palpitaria sem elas?

Também na oficina, ou durante os almoços e jantares, ao se concentrar muito em total silêncio, de repente uma dizia: "Não fique pensando nisso. Oscar é muito honesto. Vai voltar". Ao que a outra, um tanto surpresa mas contente pela adivinhação, tinha que responder para dar prosseguimento ao fluxo, além da tristeza: "Fico feliz que essa seja sua intuição, é que às vezes me vêm muitas dúvidas. Não sei se em algum momento ele vai se arrepender do namoro decente que temos". Daí surgia uma conversa, por fim interrompida para matar angústias.

Nos últimos dias, quer dizer, domingo após domingo, elas já não espiavam uma à outra, em certas ocasiões sim, por curiosidade, por cobiça, mas não sistematicamente. Pelo contrário, convenhamos que era muito mais favorável para a que não estava de plantão deitar-se na cama e esperar a volta de sua igual. É que: não tinha sentido, porque, tomando como base aquela mútua intuição, o que se passava lá no nogueiral a outra percebia quase quase diretamente. Também, sobre as ações de tal ou qual encontro com aquele, elas pouco comentavam, como costumavam fazer no começo; com isso ficava claro que por própria mercê elas não descuidavam dos detalhes: o mesmo tom de voz e a mesma graça: faziam com que nem por acidente o namorado suspeitasse já àquelas alturas que eram duas em vez de uma. Claro!, havia apenas sucintos comentários por parte da ociosa: "Foi chato hoje, você estava entediada. Ele falou sobre porcos, não me diga que não". Ou o contrário: "Foi uma tarde inspirada, não é mesmo?", e a outra assentia com a cabeça.

Um motivo de peso para não andar espiando é que, no povoado, até a própria patuleia já sabia daquele romance bárbaro. Sobretudo por causa de tantas horas mortas que há aqui, era evidente que se fabulassem conclusões frívolas. E aqui qualquer namoro é um sério enigma enquanto não se vislumbre ou não se diga quando será, por fim, a data do casamento; deixa de preocupar quando a casadoira explica a quem pergunte as causas decisivas da premência. Mas como o cartaz na oficina dizia: NÃO INCOMODAR... LIMITE-SE AO QUE LHE DIZ RESPEITO..., o zum-zum ocampense já tinha perdido o controle. Além disso, ainda estava pendente, e era essa a condição, por qual delas o homem havia se interessado, e a dúvida flagrante sobre se aquele forasteiro já sabia das duas e as diferenciava tão somente por uma característica em alguma parte. Não. De fato. Para elas, decerto era melhor manter em segredo aquela circunstância.

Por sua vez, o estirão conclusivo: por que no nogueiral, para quê, se todos os casais que existem – e que existiram – sempre tiveram o costume de se encontrar na praça, a única do povoado? Na opinião de muitos, isso é algo bastante grave, e é factível que não falte um curioso que, por detrás dos arbustos, incomodamente os observe. No entanto, nenhum dos três tinha então notado, e tão de perto, movimentos ou olhos, no suposto caso de que assim fosse; e naturalmente não iam se deslocar para mais longe – atrás dos cactos ou coisas assim –, nada mais pelo fato de serem vistos ou escutados.

Como resultado e daí?: nasceu o amor, cresceu como uma trepadeira que procura e procura: por dentro: imperativa, tanto assim: pertinaz: um estímulo secreto que perde a direção porque é inabarcável; da mesma forma nasceu a hipocrisia: entre elas: que feio!: embora a tenham intuído, não deram nem um pio sobre aquela insipidez usada para se esquivar de um confronto talvez fora de controle. Os favores de sempre: aquilo que com tanto afã tinham cuidado para nunca se chatear, agora – e este agora é bem extenso –: já não as preocupava; é que se apaixonaram aos poucos, como duas adolescentes caprichosas, e por isso a histeria estava quase... Bem, tudo porque entre ambas havia um tema intocável: o bendito casório, o futuro crucial.

A grande proposta: que domingo seria? Esperar: mas quanto?... Acontece que Oscar, às vezes, quando estava sentado em um dos troncos, junto de seu amorzinho, de repente ficava olhando o horizonte, como se nas cores da tarde quisesse achar a chave de seu louvor. Eram momentos tensos, nos quais balbuciava sons incoerentes, e então ao não se atrever a falar sobre o casamento, retomava seu assunto preferido: a desmama das cabras e as complicações acarretadas pela engorda dos porcos, embora tivesse o desejo alabastrino de algum dia abrir, às margens de qualquer estrada, um imenso restaurante de carnes curtidas e tortilhas quentes, voltado só para caminhoneiros, onde houvesse também um jukebox e uma pista de dança com garotas de sandálias – que de quebra serviriam para atender as mesas – à espera de que alguém as chamasse.

Baita negócio, quem sabe.

Oscar dava voltas ao projeto com um denodo tal que chegava às raias da loucura, mas não incluía em seus planos sua Constitución, que poderia estar metida na cozinha comandando o guisado; e talvez não o fizesse porque pensava que uma esposa decente deveria estar em casa, cuidando das crianças.

Gloria, francamente, pouco se interessava por essas conversas, mas Constitución se entretinha. Quanto à primeira: para ela, afinal de contas, o que deduzia disso era a sensação de ser amada por um homem honesto até o dia em que a morte rompesse o deleite, tê-lo sempre por perto, amá-lo com determinação, e a oportunidade já estava dada... Que mais podia pedir? Por outro lado, o que interessava à outra era formar logo uma família antes que ficasse velha. De modo que, ao olhar as feições do namorado, desenhava em sua cabeça o rosto dos filhos.

Por causa dessas discordâncias, embora convenientemente escondidas, as irmãs Gamal faziam uma à outra diversas grosserias. Grosserias disfarçadas, uma vez que as palavras não conseguem machucar tanto quanto ações, e assim a falta de atenção, certa indiferença, se acentuavam com o passar dos dias. Com seus planos a tiracolo, cada uma se esquecia de que tinha uma igual, e essa semelhança chegou a ser um estorvo: uma massa engessada em suas consciências; portanto, na oficina – aberta mais cedo pela primeira que se espreguiçasse. E bora tomar banho e ir (vestida apressadamente) sem avisar a outra – eram capazes de ficar trabalhando caladas ao longo de toda uma manhã, sem sequer se olharem; em casa: distantes: no almoço e no jantar, cada uma fazia seu prato – comida não abundante – e pelo menos – mais por cinismo que por civilidade – uma delas ainda por cima pretendia compartilhar com sua gêmea sua pequena porção de ovinhos temperados ou de feijão caipira ou o bocado que fosse; e para arrematar: quando aconteciam os encontros com o namorado, havia aperto de lábios por parte, é claro, da que ficava fazendo muita pirraça com os dedos, a ociosa: ou seja: a que foi obrigada a ficar no quarto.

E, querendo ou não, foram se tornando adversárias, e apesar dos graus de ingratidão e ciúme, o nó de suas vidas não havia sido desatado.

Na hora de se deitarem, sigilosas, não eram mais que duas macaquinhas espectrais e atáxicas se embrulhando por completo com lençol e manta, só por dissimulação. Em seguida, seus sonhos, de alguma forma iguais, podiam corresponder a um tanto de profecia, que cada uma conservava como uma gravura, que, de tanto ser tocada, teve uma das metades estragada. Viam-se distantes, as duas, ou viam-se juntas, mas com Oscar: quem? Se por via das dúvidas ele aceitasse um casamento bastante peculiar: com duas esposas, que na realidade são uma, ui...

Para o caso intrincado, se impôs a circunspecção. Era um tempo de agudas reflexões. E como ambas sabiam que o namorado enganado era, a sua maneira, muito honorável, aquela loucura de viver com as duas, e repetidas, e na mesma cama, o beneficiaria?... Tudo era incerto... Enquanto isso: o de sempre:

havia tanto trabalho anteriormente repartido, que a simples verdade era que não tinham tempo de pensar em proveitos futuros. Automáticas, elas: e os clientes, discretos, sopesando os cuidados, trazendo muitos metros de pano para logo passar a buscar, às vezes em umas poucas horas, costuras perfeitas: o dinheiro: os bens: que elas guardavam debaixo de um colchão. E os encontros e Oscar com seu tema obsessivo: o imenso restaurante que se Deus quiser...

Como se não tivesse acontecido grande coisa, as costureiras voltaram a se dedicar ao que um dia lhes deu fama. Agora a imagem projetada diante da sociedade foi se esvanecendo aos poucos e o trabalho delas demonstrou uma harmonia única, uma vida atada a um só fundamento: o maravilhoso trabalho feito com rapidez. Mas se as pessoas soubessem da verdade, saberiam que lá no fundo se agitavam seriamente verdadeiras paixões baixas, ainda sob controle, talvez por causa deste inquebrantável culto à velha igualdade.

Um artifício ufano, afinal de contas. Pareciam duas atrizes muito aplaudidas, a quem as pessoas chegam a perdoar quanta esquisitice possam ter. O que em outra gente costuma ser um defeito, nelas era algo tão somente peculiar. Se uma das duas ia bem juntinho com seu namorado em direção ao nogueiral: isso era original e nada mais. Se a outra (qualquer uma) alguma vez andou como uma aranha grudada nas paredes, é porque vigiava sua gêmea e é porque não sabia se aquele homem forasteiro era ou não decente, e vendo-os ali saberia. Em resumo: "Quem tem fama deita na...", isso, esse simples ditado que tanto tinham ouvido em suas muitas andanças.

Mas agora vejamos com binóculos a sombria realidade: quase não se olhavam, verdade seja dita: pelo nascente horror de se verem repetidas como uma maldição. Por que, apesar de seus anos, não se desassemelhavam ao menos em um gesto de ódio ou de alegria? Por que Deus foi tão mau a ponto de fazer delas – e somente delas – uma brincadeira tão maluca? Daí que se falarem... Só muito de repente, talvez porque soubessem que seus destinos bem podiam mudar se tirassem o namorado na sorte, e isso significava não se verem jamais, e inclusive se detestarem, cortar a união: agora sim, que também era nociva e monstruosa. Ambas reformulavam isso de igual modo lá no fundo de cada uma, e como a intuição delas chegava ao ponto de desvelar suas sórdidas emboscadas, sentiam muito medo de enfrentar suas verdades.

Mas o caso do jogo da sorte: elas trocavam telepatias, sem falar das prolongadas conexões que isso pode trazer. Valei-me Deus! Bruxas anfisbenas que, estando concentradas em seus assuntos, pretendiam descobrir que pecado mortal seus pais já mortos haviam deixado de herança para que elas o pagassem com as próprias vidas. E cada uma tinha que repreender a si mesma pelo fato de não ser devota nem sequer de um santo ou da imagem de uma virgenzinha.

Tiveram dias horríveis de silêncio tenaz e de turvos olhares enviesados.

Certa vez, era a hora do jantar quando Constitución ousou romper o gelo. Alguém tinha que falar e foi a falastrona – a dita, como se sabe –, não sem algum temor, já que tocava intencionalmente em um assunto espinhoso:

— Ainda nos parecemos muito, ou talvez a grande preocupação por nos parecermos diga respeito ao que nos amarra. É que... Pois você sabe bem a que me refiro! Então, venho pensando há algumas semanas sobre isso, que sempre foi uma virtude, e agora é um defeito que pode nos arruinar.

Gloria, que limpava os pratos, com gesto inquisidor a olhou de cima a baixo, como que dizendo: "Pois veja só, por fim você acertou em cheio". É que ela, surpresa, não pensava em tratar desse problema. Ao contrário, mantê-lo reservado até que estourasse era seu plano mestre, mas o destino cruel lhes dizia "tome!", e o destino não é outro senão um diabo embusteiro. No entanto, sem remédio, tanto se pareciam que nem o fato mais secreto podiam preservar, e respondeu à força:

— Eu também tenho pensado...

— E o que você acha que devemos fazer, afinal?

Hesitante, Gloria continuou com o que estava fazendo e, passado um momento de apatia e moderação, respondeu devagarinho:

— Existem muitas soluções, mas todas péssimas...

— É que temos que encontrar uma só, e boa.

— Olhe, não me vem nada à cabeça. O que, sim, te confesso é que já, a esta altura da história, me sinto muitíssimo incomodada por sermos gêmeas. Sinceramente, acho que vamos nos afundar, porque não podemos enganar tanto o Oscar; bem sabemos que as fofocas aqui correm bastante rápido e por todos os lados, dependendo, não faltará quem conte a ele de uma vez o que se passa.

— Mas você acha que as pessoas sabem que ele sai com as duas? Acha que perceberam?

— Imagino que não. Quero pensar que não.

— Você é muito otimista.

— O caso é muito simples. Se fosse verdade o que você supõe, algum dos clientes já nos teria dito. Você deve saber que o povo de Ocampo não se distingue pela discrição. Todos, até as crianças, bem são uns leva e traz; há quem sempre esteja disposto a armar confusão, mesmo que seja para o mal... Não, definitivamente nem Oscar nem o povaréu deve estar sabendo de nossas artimanhas; e quero dizer mais: às vezes penso que Deus ou o demônio arranjou isso para que tudo fique entre nós duas.

Ao escutar, atônita, as deduções desavergonhadas da irmã: Constitución: ainda sentada: a repreendeu impulsivamente, a diatribe saiu com tudo: "Chiu, você!, tome tenência!, mais compostura!", tal como uma mãe que vê a filha querendo jogar mel nos feijões ou pimenta vermelha no suco de melancia, assim, de novo, teve que falar com ela em tom imperativo:

— Sente-se!, venha aqui!, largue a pia! Precisamos falar urgentemente do que está nos preocupando e tem nos deixado tão sérias por quase três semanas, temos que evitar que as coisas aconteçam quando não as queremos.

Gloria, por causa do desconcerto, interrompeu o trabalho de ensaboar e enxaguar e com passos valentes se dirigiu à mesa. Em seguida, bem desafiadora, caiu de supetão sobre a cadeira, levando a palma da mão ao queixo meio azeitado em sinal de interesse. Mula grosseira! Constitución, no entanto, ignorando o desplante, continuou:

— Parece-me que nosso adorado namorado já suspeita do truque, pois não pense que ele é tão estúpido para não se dar conta de que a Constitución é de repente trocada por uma parecida, ele apenas se faz de bobo para não arranjar confusão ou para se divertir; e mais, acho que ele tem tomado isso como um jogo, por isso nunca fala em casamento.

— Seu argumento ainda não me convence - disse Gloria, muito fria. — Se ele fosse um aventureiro, já teria nos proposto relações sexuais, sim, e faria isso com a cara mais deslavada. Mas não acho que um homem desta categoria aceite, assim, apenas esta monotonia de beijos e carícias. Seria muito tedioso para ele. Seu fogo sempre iria levá-lo mais longe.

— E depois disso acha que, sim, ele nos levará a sério, quer dizer, me levará a sério?

— Há algo muito fino nele e muito profundo: em sua expressão se nota a nobreza rancheira, mas também suas firmes convicções. Não, ele não é um boa-vida, e mesmo que nunca tenha se referido diretamente a um futuro casamento, ao descrever seus planos ele o insinua. Ele não te cansa de tanto falar do restaurante? Sim, parece um menino que quer voar com os pássaros... Melhor dizendo, o que sinto é que ele antes pretende se convencer pouco a pouco do amor que tem por sua mulher e apaziguar suas ânsias oportunamente.

— Então, de acordo com o que você diz, já está próxima a data em que ele vai dizer a uma das duas que quer se casar e que já economizou bastante para cobrir os gastos do casamento, incluindo o vestido da noiva; sendo assim, o que vamos responder?

— Vamos simplesmente dizer a verdade.

— Ui, ele vai se decepcionar. Vai se sentir ludibriado da forma mais feia. Vai nos mandar tomar banho, se não fizer pior. Porque: diante da sociedade e de seus pais, também diante de si mesmo, ele não aceitará se casar com as duas, não existem leis para isso, e nem digo casar, que já é pedir muito, mas viver com duas que são iguais. Não, cometeríamos um erro se fôssemos francas.

— Então o que você propõe?

Eis aqui o drama, a cópia. A namorada verdadeira por fim baixou os olhos, sentindo-se de fato uma megera esperta por ter conduzido tudo convenientemente; então a oportunidade para desenrolar de vez seu projeto estava ali: desenhado em seus sonhos mais recentes, e é que: a conversa fiada tinha chegado ao ponto em que as certezas tinham que se desdobrar, porque não há onde ver coisas simpáticas. Com isso, fica dito que se a solução está à mão, primeiro deve haver um bom ordenamento, e o silêncio que se fez - a gravidade - sugeria um desenlace quiçá propiciatório... Depois de um instante, Gloria levantou a cabeça mostrando um olhar quase diabólico: sem piscar: intenso, sinistro por ser reluzente, que obrigava à empatia de qualquer maneira, ela, a interpelada atenta e:

— O que vou dizer é algo que tenho pensado desde que éramos meninas, vamos ver o que você acha... Olhe, o fato de sermos gêmeas até o máximo do exagero por um lado me enche de alegria, por outro não, e esse "não" me preocupa. Certa vez, dissemos que nossa semelhança era uma maldição e tenho para mim que Deus nos castigou desde que nossos pais morreram, afinal, não será coincidência que a passagem dos anos não tenha nos deixado menos parecidas nem sequer um pouquinho. Lembro que a tia Soledad nos trouxe a notícia em Lamadrid e lembro também que nós duas, lá, estávamos morrendo. Ela nos resgatou, nos consolou, mas nos disse que tinham enterrado nossos papaizinhos em um poço gigante, lá por Múzquiz, junto com os acidentados daquela ocasião, e que o tema é que os familiares deveriam reclamar os corpos algum dia. Nós não o fizemos, vá saber por qual razão, claro!, éramos umas meninotas e era um grande problema passar por aqueles infortúnios, mas tampouco a tia se preocupou, e o marido dela menos ainda. No caso, dá no mesmo. A culpa por fim é nossa, e por isso o demônio nos maldisse com seu escarro para a vida toda, sim, a maldição é esta semelhança que agora, só por causa do amor, nos faz sofrer.

— Você pensa mesmo assim?

— Sim, e o que proponho é irmos logo à sepultura de Múzquiz para fazer o trabalho de desenterro, ou antes com o intuito de reclamar os corpos às autoridades encarregadas disso. Uh, imagino que já por estes tempos os corpos estarão quase irreconhecíveis.

— Você está louca! Como podemos comprovar que somos as filhas verdadeiras de uns mortos que estão entre outros mortos? Quem vai acreditar em nós, se já se passaram quase trinta anos? Ao contrário, se fizermos o que você diz, nos mandariam direto ao hospício, aquele de Piedras Negras.

— Mas é nosso direito, são nossos familiares! Que tal se lhe dissermos que até agora não sabíamos onde estavam enterrados?

— É que para isso teríamos que levar a identificação correspondente: certidão de nascimento ou coisas assim, e não temos nada que comprove que somos filhas de dois dos cadáveres que estão entre a pilha.

— E se não existir essa pilha? Se os familiares já tiverem recuperado cada um o seu cadáver?

— Não temos documentos, essa é a realidade.

— Ah, não vejo que isso seja impossível; já o simples fato de irmos reclamar os corpos é mais que suficiente, porque, para eles, não será muito estranho duas pessoas irem em busca de dois mortos que estão ali, enterrados no poço gigante mencionado, de outro modo hão de se perguntar para que os queremos, para que podem servir dois defuntos a duas pessoas vivas... A verdade, irmãzinha, é que não há nada a perder. Além disso, é a nossa salvação, é simples e claro. Se o que pretendemos é não nos parecermos, não encontro outra maneira que seja mais eficaz. E o que vem por aí não é nada além da questão de enterrá-los aqui no cemitério, para levar-lhes flores com frequência, e conforme a gente visite suas sepulturas, nossas características também irão mudando. É preciso acreditar nisso, porque é o melhor para nós. Podemos trazer os restos mortais em um fardo e naturalmente colocá-los direitinho no espaço que têm os caminhões para guardar malas. Podemos, antes, esvaziar vários frascos de perfume para que o odor de putrefação nunca chegue até a parte de cima, isto é, onde os passageiros vão sentados, de pé, ou seja lá como for. Entenda, tenho certeza de que o que te digo vai funcionar. Seremos diferentes!

— Eu não quero fazer isso, para mim é muito macabro. Melhor que vá você, se quiser.

— Não, é melhor irmos as duas, porque se a intenção é deixarmos de nos parecer, o correto será as duas irem.

A discussão seguiu, seguiu nociva, insidiosa, péssima. Gloria resistia colocando impedimentos, mas eles acabaram e ela teve que ceder. Quis por bem se convencer de que o destino de ambas dependia desse ato. Quis acreditar nisso como se acredita nos anjos e em Deus, que vivem muito longe, no céu, e que se às vezes vêm de visita o fazem apenas em puro espírito. Mas as pessoas não têm dúvida, muito pelo contrário: rezam ao invisível ou a uma imagem qualquer; palavras tais como "salvação", "dessemelhança", "sucesso?", em Gloria não soavam mais que a fé, e a fé é muito abstrata ou muito simples, e à força de contrastes, a simplicidade venceu. Se aquilo era uma ilusão, pois não tinha jeito, porque senão, o que restaria?

Então Gloria, apenas para escutar confidências superficiais, deslizou uma pergunta: E vamos nos separar? Bem, a resposta era à parte... Não, de imediato... E sim, por causa do amor, isto é: dependia do galã... A novidade de laços... Dessemelhar-se não era romper, ainda mais com um corte abrupto, o velho nó irmão, senão afrouxá-lo um pouco.

Uma mistura de horror e esperança se introduziu em suas mentes, e isso durou semanas.

Semanas de tensão em que se encontravam com Oscar, como sempre, rumo ao nogueiral, e recebiam presentes e beijos e carícias sem que em nenhum momento ele mencionasse algo relativo ao casório, ou pedisse a mão, com todas as letras – como se diz –, de alguma delas.

Semanas infelizes em que ambas faziam planos discutindo detalhes, por exemplo: o tempo justo que utilizariam para ir até Múzquiz e trazer os pais e enterrá-los aqui, sob as leis cristãs. Intervalo que não devia passar de uma semana, para não postergar os encontros com o namorado. "Isso é muito complicado." "Para mim, é impossível fazer isso em seis dias." Seja porque: preparadas para o domingo, embora muito receosas de escutar a grande proposta.

E não: tudo ia muito calmo.

E o cúmulo: semanas em que todos os dias encontravam debaixo da porta cartas desesperadas da tia, repetindo a mesma coisa tão maçante, o cinismo proclive: nas carreiras, e com aquela letrinha meio em chinês: pior que a de um médico, mas até abaixo – no denominado P.S. aparecia a frase grosseira e com claras maiúsculas: CASEM-SE LOGO, TOLAS. Cartas que elas depois rasgavam sem abrir: obscuro rudimento para se sentirem bem. E por fim chegaram os embustes: os devaneios sublimes. Porque: com tantos cestos coroados de pedacinhos: fruto de nervosismos circulares: optaram por esvaziar toda a sujeira no centro do pátio para fazer uma queima inesquecível: onde: como se fosse algum ritual importante: quantidade de cinzas empreenderam voo e ao dançar no ar pareciam ideias vagas ou borboletas negras.

O que se vai e se vai: a graça de outros dias ou as preocupações.

Mas as cartas continuavam chegando como uma ladainha.

Cruel sentido risonho: queimas diárias, quase na madrugada: porque não tinham tempo de efetuá-las em outra hora. Borboletas pequeninas que em vez de desenhos tinham letras vacilantes!

Apenas este vazio fala à letargia e à fascinação, sendo que suas vivências – pelas noites planejamento, durante o dia o habitual – concentravam-se em saber a forma mais correta de ir desenterrar seus progenitores: o tempo calculado sem nenhum contratempo.

Também os dias voavam e não podiam chegar a nenhum acordo, até que certa noite Gloria disse:

— Deveríamos marcar uma data... Eu proponho que seja a próxima segunda-feira. Há um ônibus que sai por volta das seis da manhã, é a corrida que devemos tomar, pois calculo que mais ou menos perto das quatro da tarde estaremos em Múzquiz, e talvez muito antes, se você quiser vamos dormir em um hotel de segunda, ou de terceira, se houver, ou podemos ficar cochilando nos bancos do terminal, para não gastar muito. Isso sim, a viagenzinha vai nos servir também como férias, aproveitamos para dar uma volta pela praça e pelas ruas da cidadezinha e jantar por ali umas comidinhas de rua. Depois, podemos usar a terça-feira inteira para resolver nosso assunto. Espero que um dia só nos seja suficiente... Depois...

— Espere, ainda não temos reservada e paga a área do cemitério aqui em Ocampo.

— Hum, isso é o de menos. O fardo dos restos podemos guardar em nossa casa por um tempo. O importante é trazê-lo... Seria bom colocá-lo no centro do pátio, justo no mesmo lugar onde fazemos as queimas, talvez isso trouxesse melhores resultados. Quanto ao resto, não tem importância que se molhe, caso chova...

Ah, disse isso com aprumo, tal como se tivesse estudado o argumento.

Os papéis mudaram.

Por muito que quisessem se fazer diferentes, havia ainda uma nítida simbiose no traço psicológico. Por isso, a que no começo era reservada - óbvio que agora tenha desejado tomar a dianteira - revelou-se, para assim se livrar de qualquer forma de angústia que a mostrasse frágil; esta: hoje foi a tenebrosa, a do clímax portanto, e fizeram o pacto de ir já na segunda-feira.

Apesar de que...

Chegou o domingo. A tarde. Orgulhosa, a namorada esperando muito arrumada onde todos já sabem. O galã - valha-me Deus! - vinha sem o presente de costume, e com gravata e paletó!, apesar do calor, e sem chapéu! Bah... Penteado para trás com espessa brilhantina, em um estilo antigo e impecável. Constitución, a da vez, o cumprimentou com um beijo na bochecha: que delícia de aproximação! O néctar do amor e a envolvência no ponto. Um rancheiro que muda porque sim: uma amabilidade insuspeita, e então: sorrisos tão de perto: que penetrante cheiro de perfume selvático! Haveria algo especial?

Sim.

Por enquanto se tomaram as mãos: e: a caminhada lenta: o ventinho: até o nogueiral: ir: como se contentes fossem a um éden, como se fossem por uma rampa. Durante o trajeto, houve, concomitante aos olhares, uma troca lacônica de frases: "Te amo", "eu também". "Te adoro", "eu também"... Eu?... E esses magmas de mel.

A cor vespertina era amarela – por fim sentados em um tronco qualquer, nossos apaixonados – e se arrastava entre os semeadouros: de lá vinha o augúrio como dissipação. Oscar tirou de dentro de seu traje um cartão em que estava escrito com letronas bastante estilizadas o nome da namorada, e mais abaixo, em púrpura, o soberbo desenho de uma flor. Havia um significado, quase uma charada sugerida... Se flor – Constitución... As pétalas viviam, cada uma era um segredo? E ela poderia corar mais, porém agradeceu desta forma:

— Adorei este presente, é criativo.

— Abra-o, por favor.

Assim fez a agradecida e encontrou o argumento: "Amor, amor, quisera a senhora casar-se com seu Oscar, eu lhe peço a mão para caminharmos juntos ao altar. Aceita?". Ela sentiu por dentro um fogo inusitado, queria dizer sim!, mas a irmã, os restos de seus pais, a mentira, a verdade.

— O que você me diz agora? – insinuou Oscar.

Constitución não soube, ou... Bom. Apesar de que... Olhou-o apaixonada, e havia faísca em suas pupilas e vermelhidão em sua face. Sua boca-coração desejava falar, e não, nada de impulsos. É que era lamentável que a grande notícia chegasse justamente no dia anterior ao que partiriam apressadas rumo a Múzquiz, ou seja, faltava uma semana para ser diferente de sua gêmea, valha-me Deus! Mas deu a resposta, porque seu namorado precisava disso:

— Eu esperava que me dissesse isso e me enche de orgulho e emoção que você queira me levar ao altar... Não vou dizer que sim nem que não, vou dizer como gosto de você.

E o abraça e caramba!: lhe dá um beijo, que se estendeu. Bocas abertas, línguas e deleite, e inevitavelmente daquela quarentona saiu uma lágrima no ato, molhando a bochecha do galã, que, ao senti-la, interrompeu a ação.

— Por que está chorando, meu amor?

— Porque é algo incrível o que você me propôs, estou entusiasmada. É choro de alegria.

— Bobagem!, é que este regozijo não é para deixar você assim.

— Me perdoe, então.

— Não, não tem problema nenhum. Vou limpar seu choro.

Oscar tirou do traje um lencinho de cor estrangeira: um amarelo nítido, e de cima a baixo começou o percurso da limpa. Foi breve, foi muito suave.

— Então, sim, aceita?

— Você que interprete. É inteligente.

— Sim, sim, sim!, você me faz feliz!, te amo!

— Apenas me beije.

E continuaram beijando-se prazerosos. Carícias, turbação e ímpeto que se amolda aos trâmites da ânsia e que exige das mãos que repassem os corpos para saberem-se um, em dois, em um: já; as mãos que quiseram segurar todo o prazer. As pernas e os peitos. Os braçøes rancheiros. As penugens escondidas e as figurações, ainda que colocando acima um grande romantismo, tanto: ao ponto de agarrar-se aos perfumes intensos, e mais por parte dela, que ao mexer no cabelo dele para fazer travessuras, se enchia de pura brilhantina, e depois lambuzava de leve, talvez sem querer, aquele traje verde afeminado.

Tendo ela, por outro lado, palpáveis regressões ao obsoleto acordo com sua irmã. Esta semelhança inclinada a se destroçar dependia do "sim" definitivo. Mas a mútua história incomparável, a orfandade, os trabalhos: tais prerrogativas para fazer de seu afinco um centro vivo não se podiam apagar de um só talho, senão: hoje, mais do que nunca, sobrava a esperança da vinda de seus pais mortos. Era essa ponta precisa e conceitual que talvez as fizesse mais bonitas. E aqui, enquanto beijava o homem com desespero, lhe veio à cabeça um problema grave sobre o qual nem uma nem outra tinham refletido. É que: com base em associações, o "sim" cambaleava, porque sendo verdade que elas mudassem, quem seria a primeira que sofreria as mudanças? E Oscar, portanto, de maneira indireta se sentiria enganado: se é que se alterassem em Constitución, digamos, sua boca deliciosa e seus olhos cor de café. Isso sim, por desgraça, não tinham previsto.

De modo que, entre beijos e apalpadelas, veio abaixo a ida a Múzquiz. Temos que estabelecer que foi a agora real sortuda a que teve a ideia de buscar os mortos para desassemelhar-se; em contraste com Gloria, que foi desde o começo a reticente em efetuar o transporte por lhe parecer sumamente maluco, e que depois assentiu apenas pela confiança, um tanto casual, de ter um destino diga-se um tanto distinto do de sua outra metade. Então, impelindo as coisas ao que é fundamental, dar uma volta muito sutil à procura não seria complicado para Constitución, embora bem amargo. E isso de que as duas já não fossem as de antes por causa daquele ato tenebroso, ora!, não passava de uma mera ilusão.

Por um momento a cortejada teve um vislumbre patético, já que o individualismo, que não é outra coisa senão a amorfa vaidade, às vezes ganha impulso, e desta vez havia meios de levá-lo adiante. Pensou, portanto, que não custava nada fugir com seu Oscar, e agora mesmo, por ser comum na região o roubo de prometidas para evitar os gastos do casamento, e nisso estão de acordo pais, avós e filhos, além das esferas educadas ou não, e assim, se o propusesse era quase certo que o galã aceitaria, e por fim depois sobreviriam as correções, mas se arrependeu, porque deixar abandonada sua gêmea era tão desonesto quanto nunca esclarecer ao pretendente que eram duas, em vez de uma, as que encontravam com ele.

Veio o anoitecer. Veio a despedida, em vão esperançada, e as palavras com sua carga mágica: "Então, sim, aceita?".

"Você que interprete, repito. Mas nos vemos no próximo domingo." "Você me faz feliz, meu amor!" "Ah, não posso dizer que esteja muito triste." Finas intuições indeléveis. Como era habitual, conveniente, Oscar a acompanhou até a mera porta do negócio, onde a apanhava semana após semana, não em casa, porque, como disse muito antes, se ele a levasse lá, as pessoas pensariam que ele entrava às escondidas ou se abaixando onde não é correto: para ali dentro se desnudar com rapidez e fazer despreocupadamente suas tolas indecências fora do matrimônio, daí que, como diz o ditado: "Nunca faça coisas boas que os outros podem julgar como muito más". E tinham que respeitar essa filosofia.

Assim, no lugar mencionado disseram adeus um ao outro, e quando a estampa do galã – com sua sombra fininha por detrás – foi se desvanecendo, ela fechou os olhos.

Sofrer daqui em diante só por causa de uma cruel paridade, e a escolhida tendo à vontade agora mesmo o repique de qualquer desenlace? Isso ela não ia perder, vendo que era possível acomodar as coisas a seu capricho. Por fim, não hão de faltar justificativas que deixem satisfeitas as três pessoas que amam e compreendem. Então, estando como estava, parada como estátua e com uma cara tão melancólica, Constitución mudou, como se tivesse recebido um choque elétrico na cabeça, saiu correndo portanto, para ir ao encontro de sua outra metade e assim lhe contar as novas. Viva: os cabelos ao vento. Os saltos soando nas calçadas. Aquele entusiasmo único por se saber também a única prometida, a alumbrada por Deus ou ainda pelo Diabo nos momentos mais determinantes, e tendo por isso mesmo o vigor de enfrentar, enquanto está quente, sua gêmea. Dizer-lhe, com engenho e manha misturados, o que com tanta audácia estava pensando desde que seu galã se esfumou na distância.

Muita luz na casa e zás!: a porta que se abriu no momento em que a namorada verdadeira entrou meio amalucada, palavreando incoerências. Conteve-se em seguida, já que: quanto às alterações proveitosas, apesar de radicais, não podia dizê-las tão de chofre, porque Gloria, que limpava feijões na mesa, ouvia a todo volume uma polca chirriante, nada menos que criação de Los Relámpagos, em que havia um molesto solo de *tololoche** com acordeão chorando meio-tom abaixo. Extasiada, a irmã – que emaranhados tão retorcidos e inspirados! –, o mau, em consequência, tinha que cair sobre ela; a lesa obedeceu um sinal para:

— Não é possível ir a Múzquiz!

E as explicações consabidas. Passo por passo as insuficiências que, com efeito, não eram nem seriam mais que vil estropício, sobretudo ao se ver diante dos três-quatro objetivos contra o razoamento de: quem das duas mudaria primeiro?, sendo que os milagres, por estranhos que sejam, não acontecem com luxo de detalhes, senão de forma global. Era factível então que Gloria, grande parte da tarde entretida com a preparação dos feijões e ouvindo tranquilamente suas polcas fronteiriças, já tivesse pensado nisso, pois não demonstrou compunção. Tampouco era uma vitória para ela, e sim simples acareação.

Como resultado, e feio, os restos de seus pais já não lhes importavam.

Assunto à deriva...

Chegou a petição, o casamento em breve, o que ambas esperavam, embora não neste domingo, e eis aqui a surpresa:

* Tipo de contrabaixo usado na música tradicional mexicana. (N. T.)

— Eu não disse a Oscar nem que sim nem que não, isso fica pendente, antes lhe disse que o interpretasse, embora tenha lhe dado beijos, abraços, como uma forma de resposta. É que pensei em dizer que sim; quero me casar e logo.

— E eu?

— Então, não sei o que dizer... Eu te dei chance de você se divertir e isso é um grande presente de minha parte, mas tive a sorte de ser eu a primeira a conhecê-lo, e dupla sorte de agora ele me falar que quer me levar ao altar. Não acha que é muito emocionante?... Se você gosta de mim verdadeiramente, deve saber que é minha oportunidade.

O desmoronamento da outra, que, não obstante, se levantou galharda, sem fazer trejeitos nem expressões de aborrecimento e que vai diretamente – até isso com extrema lentidão – para o quarto se deitar para poder pensar nos andamentos precisos e suas derivações. Depois da chicotada, o melhor era, tateando, ir buscar a cama, mas não era o caso, já que avançou firme e, como lá a luz estava acesa, apaga-a e acende uma vela, como faziam às vezes tanto uma como a outra quando estavam confusas. Todo esse movimento foi observado pela escrupulosa, a agora sim vitoriosa, que nem se moveu, apenas sua cabeça foi indiscreta. No entanto, por acaso não houve choros.

Os feijões: os bons e os ruins não merecem se juntar depois de separados. Constitución, medrosa, analisava. As coitas, os desígnios, os primeiros provocam graves encolhimentos, enquanto os segundos se tornam inflexíveis e tendem a vencer. Qual dos dois conjuntos postos sobre a mesa era o mais numeroso? Era preciso contar grãos – paciência necessária –, uma vez que à simples vista pareciam ser iguais, mas se a diferença fosse mínima, haveria que fazer ligeiras concessões, já que: um sentimento atrai o mesmo que uma lei: ou vice-versa, e o que fez a namorada verdadeira foi começar a contar, mas em voz alta e rouca a princípio, o conjunto que ainda tinha sujeira.

Quando a irmã lá deitada escutou o um, dois, três, quatro, a chamou imediatamente com voz de coronel, ao que esta se levantou no mesmo instante e foi correndo satisfeita onde a outra: que já estava parada: sobra definitiva com fundo cintilante de chaminha vivaz.

— Entendo você o bastante. Está no seu direito e de minha parte sei que é inconsequente andar com infantilidades em assuntos de casamento. Vou embora desta casa para sempre, acho que é o melhor. Posso jurar que você nunca vai me ver, porque tenho pensado em ir para muito longe. Não nego que algum dia vai me dar vontade de te ver, mas como estarei bem distante, já será impossível. O esquecimento é difícil, porque é como um fantasma que entra e sai de nossos pensamentos quando lhe dá na telha, mas o tempo é mais sábio porque inclui a sua e a minha morte. Por outro lado, não ache que é um capricho isso de eu ir embora para quem sabe onde, só sinto que minha presença complicaria em cheio a sua relação com Oscar, sendo que ele logicamente chegaria a suspeitar de qual das duas é realmente sua mulher. Portanto, não desejo ser um estorvo, não nasci para isso... E como entre nós duas nunca houve vinganças nem tolas alegações, faz tempo que pensei em você ficar com tudo, ou seja, com a oficina, a casa, com os móveis, exceto as economias, essas eu levo comigo. É a melhor maneira de estarmos quites. Combinado?

— De acordo.

— Então amanhã mesmo saio.

— Sem problema.

Naquele momento, então, já não havia aonde ir, restava apenas apagar a luz e enfiar-se na cama e boa-noite. Felicidade? Angústia? Maturidade irrepreensível?

A obscuridade, a ruminação interior, a chaminha vivaz: que a deixam assim: ambas: com um propósito talvez tão dessemelhante. E vibra, se há palavras cujos sopros de perto a dobrem e a façam tremular pra valer. Se falasse: o que diria? Apenas o feito de alumbrar um reduzido espaço vale por sua expressão. É firmeza perene que fala com pestanejos em todo caso e pouco, ou melhor, se deixa acariciar, mas de repente volta a seu esboço enquanto o permitem: persiste imaculada.

E é que aqui os silêncios a erigem como rainha: única realidade rodeada de mistérios, ativa plenitude que precisa de um olhar fixo, sim, o de Constitución, que ainda não está dormindo, enquanto a outra já delira no sono.

Sono e olhar são dispersão e fé. Terror que pulsa, expectativa que inventa sendas e precipícios. Tudo está pela metade. Olhar para atrás conforta, enquanto o futuro pode ser difusão. E aqueles olhos abertos: o que pretendem? Valem por um instante os desejos, que não são neste caso mais que melancolias: o que teve um começo e se acabou: aquela semelhança que já não pode ser porque o Diabo veio se instalar no centro, disfarçado de mago, como tirá-lo agora? Apenas com palavras? Que a outra metade vá embora para sempre e o Diabo faça as vezes da parte perdida: é uma solução? Embora uma metade eleja o que mais a conforta, é capricho ou destino qualquer inexatidão; procurar a circularidade, querer conservá-la, talvez seja uma crença que não pode ir muito longe.

Ou sim?

Constitución precisava de luz. Nela o "sim" e o "não" queriam se dissimular.

É que também a chama – agora ao sabor de tanto devaneio – empalidece quando sente que dentro de seu espaço iluminado alguém não encontra o conceito que seja derradeiro e simples.

A namorada, portanto, nestes momentos queria ir à sala de jantar, acender a luz elétrica e com grande calma contar os feijões: bons e ruins: quantos?: para ajeitar suas ideias, mas quando ia fazê-lo, desistiu. Convencida por si mesma da inútil manobra, soube que ali na cama, nas penumbras, poderia achar o remédio que a fizesse dormir como sua outra metade. Enfim, os feijões não eram necessários para cair em si, nem luz, nem coisa nenhuma.

Constitución optou por pensar em seu namorado, aquele seu Oscar rancheiro e sonhador. Suas conversas. Sua vida: quão pretérita trégua previsível: uma felicidade a cada tanto confessada e uma insatisfação demasiado sutil. Seu espírito de luta limitado à sondagem do que lhe é mais próximo. Não há emancipação, não há nele aventura. O homem valeria a pena? É um contrassenso que o desmame de cabras e a criação de porcos abarquem por completo seus claros pensamentos. Enquanto isso a chaminha vivaz parecia sorrir como se dissesse irônica: e você aí? Suas costuras: o que são? Sua identidade: o que assume?

Vidas tão planejadas em que a ânsia não é elevação nem incêndio terreno. Vidas de purgatório que no fim das contas são o que outros pensam que existe, e se há sentido nisso pois que continue, que satisfaça, tantas vidas convivem e tantas se repelem. Procurar semelhanças: para quê?, se elas existem aos montes de uma ou de outra maneira.

E a namorada pensava na vida em comum com seu futuro esposo, quem, por exemplo, durante esses tantos encontros domingueiros, nunca, nem por engano, lhe perguntou como ia seu negócio. Só muito no começo fez algumas perguntas a respeito, mas era com o objetivo de se informar superficialmente de uma só vez; com certeza o homem jamais aceitaria que ela trabalhasse por conta própria ou que inclusive ganhasse mais que ele, Deus que a livrasse!, horror!, seria uma humilhação assaz violenta. Ao contrário, teria que revelar seu plano sinistro, sim, do dia para a noite tornar frágil sua diva consorte arrematando o negócio de arte e confecção para, com o lucro, comprar sua caminhonete ou antes o restaurante de porções de carnes, aquele: cujo lugar estaria no meio do deserto, embora na beira da estrada; aquele: no qual a mulher, a quem se uniu em matrimônio, comandasse um grupo de moças. Vida de servicinhos desolados. Vida de sopas e aquecimentos, refogados e limpeza de quinquilharias até o pescoço. Vida de avental. E o homem: rei, senhor, que não sabe fazer outra coisa a não ser levantar o pescoço a cada instante e alisar os bigodes muito cheios e negros, como negra sua imagem de perfil ou de frente. Sem falar de filhos, tampouco do seio familiar. Seria a recompensa em troca dos beijos que vá saber se continuariam?

Não!

Desperta, a namorada preferiu apagar aquela luz, infame castiçal, cuja chama se reduzia apenas a uma piada, a um ardor aterrorizante e mendaz. Em seguida, se levanta veloz - era meia-noite ou talvez mais - e vai e sopra com raiva.

Escuridão e fim.

— Gloria!, Gloria!, por Deus, ainda está dormindo?

— O quê?... Como? - respondeu sonolenta a que sonhava com lugares sibilinos e gente agradável.

— Acorde, mulher! Quero repensar a nossa situação.

— Hum... A estas horas?... Uf!, prefiro que você me diga amanhã.

— Mas é urgente, entende?!

A outra metade, a boa, muito a contragosto mudou de posição puxando o cobertor, ainda assim disse:

— Amanhã é segunda-feira... Hum... Amanhã conversamos.

— Prefiro falar agora do que trabalhar amanhã.

— Ai!... É que estava tendo um sonho tão bom... E não quero que me estrague o que... Hum, adeus!

A insone não teve outra escolha a não ser acender a lâmpada do recinto, e não apenas isso, como também espetar-lhe as costas, brincando, digamos, até que Gloria por fim esfregou os olhos e aprumou o corpo.

— Vamos celebrar!

— Celebrar o quê?

— Você se lembra de que tempos atrás tínhamos combinado que o seu era meu ou vice-versa, que nossa parecença tinha que ser defendida?

— Sim... Como vou me esquecer do que nos mantém juntas?

— Então, e se soubesse que estou arrependida de ter tratado de romper o laço?

Gloria ficou em pé sem dizer nada, dirigiu-se ao banheiro com a intenção de lavar o rosto e dar um jeitinho no cabelo. Voltou ainda meio sonâmbula fazendo comentários indiretos, sabedora também da insensatez.

— Já passa da uma, não é mesmo?

— Não sei, não me interessa consultar o relógio.

— Não está com frio?

— Não, não estou nem estarei... Mas me diga: o que está acontecendo com você?

— Ainda pergunta? Você me acordou à força.

— Me perdoe, irmãzinha!, mas... vai acontecer...

— Já sei o que vai me dizer.

— O que vou dizer é que o casamento não vai acontecer...

— Como?

E esse "como" abolia as néscias pretensões de um futuro cor-de-rosa que pertence apenas às exaltações da imaginação, aos muitos sabores dos beijos que sublimam tudo para distorcer de modo inevitável e aos suaves começos que paulatinamente se vão endurecendo. É que com o passar do tempo o amor não seria o que os sonhos ditam, senão pão insosso, monotonia despreocupada e no fim para sempre: amor de joelhos.

Em si, a naturalidade de tantos dias parecia apesar disso se consumir, porque o homem expansivo, já satisfeito, inteiro, deixaria o alvoroço carinhoso de lado para dar lugar ao imediatismo do dinheiro e do trabalho, das dificuldades e disputas, assim: as cabras acima de tudo, os porcos também: o caminhão com redil, o restaurante imenso, para então o amor ficar implícito. De fato, o mais pesado vem aí: a arte e a confecção já não seriam possíveis: encará-las como negócio: caramba!, por ser feia a concorrência entre os que se dizem ser um a metade da laranja do outro.

O amor com um homem deste tipo a princípio seria tenacidade jovial, e anciã escravidão no fim...

Não!

Uma reviravolta!

Enquanto sua gêmea ia explicando: Gloria se estremecia não apenas por emoção: por incredulidade; já planejava em sua cabeça agora imunda um desenlace irônico, uma piada tremenda: sepultadora e fina, mas esperou que a outra revelasse mais preocupações até ficar sem força para acrescentar nem sequer um comentário desenxabido sobre o resgate de sua quebradiça harmonia: essa antiga unidade - e até que grau - tocada pelo Diabo.

Constitución, cansada de dar seus motivos, quis ser muito prudente ao dizer isto:

— Espero que você aceite seguir vivendo como sempre...

Gloria começou a rir dizendo com grande ironia:

— Pois eu não aceito isso!

— O quê?... Não?... Por quê?

— Claro que sim, mulher!, mas fica acertado que com homens rancheiros nunca nos casaremos.

— Nunca?... Hum, acho que tem razão.

— Somente com príncipes encantados.

— E esses de onde vêm?, onde estão?

— Parece que não existem... Não podem existir.

Soberba e parecida, de repente, a gargalhada aflorou sob a luz elétrica - madrugada adentro -, que ambas decidiram apagar para acender velas e: o brinde de costume?

Claro!, por impulso sensível, por um êxtase inocente, milagroso!

As recuperações instantâneas querendo tirar com álcool o sebo letal que suas almas traziam. O pior é que, dedicadas, procuraram a garrafa de Club 45, e não havia nem uma gota, afinal a tinham secado aquela última vez quando abraçadas pactuaram dividir o rancheiro: aquela bebedeira delirante de órbitas aguilhadas; e a essa hora, não havia jeito, não poderiam conseguir minimamente nem um alcoolzinho noventa e seis; ah, mas tinham perfumes no banheiro: densos eflúvios e incensos compostos de essência floral e fibra de eucalipto, pois esses, claro!, bastava diluir com água e já estariam bem embriagadas só de imaginar o que as esperava, apesar de:

— Não, isso nos faz mal. A nossa felicidade não é tão tosca.

— Então me conformo em pôr música e dançar.

Isso sim - despropósito, olhos semicerrados para se ajustar ao ambiente de chamas, como meninas travessas, puseram velas que tinham por ali e - a música *cumbiera*: de suores e excessos: um disco depois do outro - aladas, cada qual se deixou levar, ensaiando passinhos, que não eram muito bons porque o ritmo era outro, até cair vencidas, quase ao amanhecer, e no chão e deitadas planejar a sequência mestra do próximo domingo. Em resumo, dizer a verdade àquele homem nefasto que, ao se lembrar a dita prometida de como ia vestido para pedir sua mão: deu uma baita gargalhada, fazendo com que a outra a seguisse. A verdade, acima de tudo, ia dizê-la de um só golpe - que eram duas em vez de uma -, mas com certo jeito... Não demoraram muito em encontrar a forma, mas ao encontrá-la dormiram onde estavam... Como veremos depois, não era preciso planejar o que planejaram, porque...

Às quinze para as três, passada a hora do almoço, chegou o caminhão a Ocampo: um pouco antes do de sempre: aos domingos, já que em geral chega às três em ponto. Nele vinha o galã à frente: perfumado até dar asco e trajado de verde e com uma listra dividindo o cabelo pela metade, perfeitamente: à sua maneira, chamava a atenção. Desceu como um rei, com flores na mão esquerda e na direita um presente com um laçarote brega de ponta para cima. Seus olhos de bezerro olhavam para os lados como se dissessem a qualquer um que o criticasse: "Bem queria ser eu". Seu desejo de hoje: andar por aquelas ruas terrosas como se caminhasse sobre nuvens, e sim: por um momento passava a sensação, sendo que para seu pesar: seu andarzinho de pernas tortas não podia ser corrigido, por mais que ele quisesse ser elegante.

Tinha o costume, para ganhar alguma potência, de tomar dois refrescos em uma venda em que conhecia o dono, que, sem nunca o abordar muito diretamente, o recebia contente, com pompa de ademanes. Desta vez foi diferente:

— Seja bem-vindo!, fico espantado com sua elegância.

— Muito obrigado.

E sem que dissesse o que desejava, o roliço vendeiro pôs sobre o balcão dois refrigerantes de uva.

— E a que se deve o traje?, se não estou sendo indiscreto.

— Vou me casar com uma flor daqui. Imagino que o senhor a conheça, se trata nada menos que da costureira Constitución Gamal. Bem, mas quero deixar claro que o casamento não será hoje, quem me dera!, para isso ainda tem chão, perdão, falta ainda um tempo para que se efetue. O importante é que ela já me deu o sim na semana passada, e hoje é um dia especial para nós dois... Há certo compromisso de palavra, sabe? - o perfumado deu um trago gigante no refrigerante e continuou animado; tínhamos muito tempo de namoro, coisa de mais de um ano, e vou lhe ser franco, foi difícil tomar a decisão de pedir a mão dela, o senhor sabe que devemos estudar o modo mais decente de se dirigir a quem queremos para sair ganhando, por isso fui a Monterrey para comprar este traje. Desejo que minha mulher veja em mim todos os detalhes que seu olhar quiser.

Talvez para a próxima semana já deixe de me vestir assim, pois se o usar muito nessa poeirada pode ficar sujo.

— Me disse que é a Constitución.

— Sim, ela mesma, por quê?

— Ah, é que das gêmeas nunca sei qual é qual.

— Como? Me explique.

— Não sabe que sua Constitución tem uma irmã gêmea que é idêntica a ela?

— Não!, caramba!, nunca me contaram.

— Ora!... Pois são iguaizinhas.

— Sério?

— Sim, juro. Basta dizer que a gente daqui, por mais que se esforce, ainda não sabe distingui-las.

Oscar, em choque, quis apressar o gole do refrigerante e começou a tossir e tossir. Não conseguia acreditar, como se vê. Passada a surpresa e tomando ar com o nariz tapado – usou todos os dedos da mão esquerda – como se fosse resolver o caso, olhou seu relógio de pulso: ainda era cedo. Enquanto isso, aquele reluzente vendeiro, vendo-o preocupado – pois Oscar se assomava para olhar o movimento na rua, e então não: de que isso lhe serviu? Olhar o teto também não adiantou (quando voltou com passos trôpegos): e aquela palha no alto, que sugestão daria? As paredes menos ainda: pura rachadura; menos ainda o presentinho (por um instante: absurdo) nem o buquê de flores, que foram deixados sobre o balcão; nem os cascos, infames, um cheio e o outro já sem seu conteúdo, somente jorrando saliva. Os olhos do vendeiro tinham que se fechar só por um instante para que as ideias se acomodassem – se sentiu compungido e, portanto, buscava-lhe o rosto: "Coitadinho do galã, e eu: que gafe!" –, então, com uma voz lastimosa que parecia vir de outro lugar, soltou um comentário:

— Acho realmente estranho que não tenham lhe contado.

Que resposta haveria? Oscar consultou o relógio outra vez. Faltavam mais ou menos trinta minutos para ver sua amada que...

Sim, lhe passou pela cabeça uma ideia sinistra: que alguma vez sua namorada possa ter sido a outra: sem que ele se apercebesse do engano... Não!, impossível!, sua namorada, pelo que parecia, não podia se permitir baixezas dessa ordem e era feio que ele, nem que fosse de brincadeira, o tivesse pensado. Erro!, bateu na madeira e pois: aquela do balcão: o que fez com que o desagradável comerciante aguçasse os ouvidos presto, além disso, a vendinha mosquenta já começava a irritar o galã.

— Quanto lhe devo?

— Apenas dois pesos.

Pagou, saiu rápido como se corresse para receber herança ou coisa pior, talvez porque se despenteou ao esfregar os cabelos do topete partido ao meio, por causa da incerteza, e ao mesmo tempo sentencioso daquela informação. Saiu sem se despedir e ainda por cima sem pegar as flores nem o presente. Atrás, os gritos do vendeiro, que ele não quis ouvir, estes: "Me desculpe, senhor, eu não sabia que o senhor não sabia...". Em seguida, mais baixo, quase como um grasnido: "Olhe, o senhor se esqueceu...!". Vento infeliz, e pompas de rua: as pessoas que ele encontrava domingo após domingo: os silvos também: anônimos alcances, e ele: como um autômato, olhando a cada instante seu relógio enquanto avançava, mas não em direção à oficina de costura, e sim... Bem, seria um renovado prazer se sentar por alguns minutos em um dos bancos da praça para observar as idas e vindas, não obstante se acalmando, vendo o lado bom da crua reserva de sua namorada.

Por quê?

A esperança amorosa ainda se sustentava. As razões daquela lá não podiam ser tão horrendas, tão perversas. Sentou-se sem se pentear – em meio às vozes passarinheiras das muitas pessoas que passavam –: ali, como foi dito, à vontade: desconectado, austero, para, com o tempo medido, dar corda à fantasia, ao curso favorável: isso não era difícil, embora, sim, um tanto enganoso.

Na verdade, sua namorada – quis entender assim – talvez não houvesse mencionado que tinha uma irmã gêmea por medo de que ele se desiludisse, pois só de ver duas iguais sem dúvida poderia se criar um dilema tão bobo como maravilhoso. Ter e amar, e por arte de magia, duas namoradas iguais e não poder se casar com nenhuma das duas, por não saber quem era a genuína.

Essa era a razão, a grande reserva, mas: era tanto o barulho que ele acabou se distraindo. Olhou mulheres jovens e belas que cruzavam tão de perto, graciosas, lançando-lhe sorrisos frívolos. Coquetismo por todos os lados! Mas seu amor já estava encaminhado. Constitución resplandecente e decidida esperando sua mão somente para que a levasse ao altar. Constitución, lá, na porta de sempre... E por isso mesmo o galã consultou outra vez o relógio: dez para as quatro, já tinha que se apressar.

Levantou-se, penteou-se com os dedos e começou a andar... Tinha o vício ou a sorte da pontualidade, chegava a graus doentios, inclusive, sobretudo em se tratando de amores, e este, uh, nem se fale.

Durante o trajeto se lembrou das flores, do presente – era um xale com desenhinhos de corações vermelhos –: aquele que o tonto deixara na venda, com isso da pressa, as obnubilações o empurraram para cá: onde devia vir para se certificar, e já não sobra tempo para ir buscar suas riquezas esquecidas. Que pena, então! Ele, que agora, centrado em seu comedimento, não podia fazer a pergunta mais óbvia. A prometida tinha que responder sem hesitações sobre sua irmã, a igual, a confundida, ao menos pelas pessoas.

Mas, conforme foi se aproximando de seu destino, viu duas fêmeas, meio embaçadas, entretanto, por causa da luz vespertina. E já em frente ao horror, deixando-o estático. Apenas seus olhos, passeando de um lado para o outro, viam duas mulheres em vez de uma, ou duas namoradas que eram uma tremenda ilusão de ótica. Sem palavras ficou o homem em seu traje, uma vez que era verdade o que o vendeiro tinha dito um momento antes. Cópias arrepiantes!, e presentes. Descaramento! Por que o segredo se manteve até agora? Por causa do pedido? O que ele agora pensou na praça se fazia visível, a irmã que não é e que sim é, e qual? Então perguntou com uma cinzenta timidez:

— Quem é a Constitución?

— Essa sou eu - disse uma.

— Você se engana, Constitución sou eu.

— Mentira!, isso é o que você queria, eu sou a verdadeira.

— Não comece com suas brincadeiras. Eu sou a namorada de Oscar.

— Mas foi a mim que ele, da outra vez, pediu em casamento.

— Em todo caso, ele pediu às duas.

— Não, a mim, não entende?

— Não seja fingida, foi a mim que ele pediu.

E assim estiveram numa falação entre elas, trocando alfinetadas venenosas, enquanto o galãzinho ganhou uma cor esbranquiçada de expectativa e dúvida. Sua mudez se nutria de ásperos filamentos, ele se revestiu de um semblante mais verde que amarelo, depois vermelho, enquanto elas ainda estavam com aquilo de: "Não é verdade que seja você"; "Constitución sou eu"; "valha-me Deus, você mente mesmo". E sua ira, ao chegar ao topo: ficou roxo, como figo maduríssimo que se despedaça sem mais nem menos quando cai da árvore:

— Chega! Nenhuma das duas presta. Par de velhas patifes!

E Oscar deu meia-volta e foi embora enfurecido, apertando os punhos, ainda pôde escutar atrás de si os ferinos risinhos das manas. Quis encarar a frustração ou a renúncia como um mau negócio que não vinga. Ainda conseguiu ouvir uma frase acanhada, quem sabe se mordaz ou esperançosa:

— Mas você vai vir no próximo domingo, não é?

Acolham os paradoxos, se é que há!, mas para ele: virar a cara para trás significava se ver petrificado na recordação, ou melhor: ver em hipnose o escorço traseiro feito de sal: os sais do amor à deriva, além disso, o homem era bastante forte porque era deveras rancheiro, apesar do traje. Que horror seria se virar para trás! Nem o choro tem razão de ser, e muito menos se embebedar para chorar com vontade. Tampouco era o momento de soltar um gritinho de autossatisfação por ter escapado dessa dupla enganosa. O melhor era ao contrário e sumamente frio: poderia agora dizer a si mesmo: "A luta se deu e foi posta em marcha". Sim, variadas deduções recomporiam seus caros sentimentos, os quais já começavam a apontar em outra direção. E sua figura foi se apequenando, sua figura ludibriada, enquanto atrás as duas o viam se afastar, sentindo de alguma forma – já passada a troça – certas misericórdias, sobretudo a namorada verdadeira, que impulsionada talvez por um motivo traiçoeiro ou algo sentimental, deu dois passos à frente, como se ainda buscasse correspondência. E não, assim ele se foi: por acaso: como chegou. Constitución tremia: um suspiro saía de suas palpitações para abrir caminho entre as nuvens e trovejar mais além... Gloria lhe tomou o braço puxando-o muito suavemente, como se fosse um carinho contido.

— Por favor, irmãzinha, pare de olhar para ele. Vamos para casa.

O de sempre: depois: partido pela metade, unido por lealdades que repudiam os sumos e apetites desta ciranda de vozes que não chegam muito longe. O universo, o seu, de agora em diante, bem podia se reduzir a alinhavar uns pontos sempre que se afanam as tesouras em cortar uma linha da forma mais retilínea possível. O fio é o que avança e, ao fim, o que aperta. Qualquer fio é busca e se rompe por conta própria ou por capricho. Os percursos amparam porque vão se trançando como quer que sejam, unem bordas, forjam recomeços, e os centros se inflamam, e é um em dois, ou dois em um. Trabalho à custa de semelhança, de simultaneidade. Trabalho interior que pode ser desenho – que seja insuficiente, mas ao mesmo tempo feliz – cujo efeito derradeiro é fazer das coisas e dos pensamentos algo radiante e único, e talvez uma gratificação: com um duplo sentido, que insinuasse outros mais...

Com isso: dia a dia a irmandade, a costura, o espelho: obscuras vaidades que em silêncio se inventam para propositalmente se expressar, e portanto viver acreditando que se evaporam, e afirmá-las é trégua que persiste minuto após minuto. Somos duas gotas d'água – diriam por fim – que querem se juntar. Como resultado, assim, continuar se vestindo de forma igual já significava um ganho, maquiar-se também, o mesmo corte de cabelo e o mesmo entendimento. E embora – passado o tempo a uma soma de meses – uma das duas tivesse a comichão de ir a Múzquiz com a crença vã das dessemelhanças paulatinas, desistia rápido rápido, ou seja: o tema já era excessivo.

Também: quando Constitución se lembrava de Oscar, do restaurante imenso, do desmame de cabras, da cria de porcos, dos beijos demorados lá no nogueiral, de repente vinha-lhe a nostalgia e ela começava a procurar o papelzinho – que furtivamente guardava em lugares diferentes – onde estava anotado o endereço daquele: o de Ciudad Frontera. Fazia isso às escondidas para evitar problemas com a irmã... Bah, de todo modo não passava de um jogo sem consistência que se dissipa como o vento... E houve uma data acerba em que quis apagar de uma vez os ontens. Foi aí que pegou o bendito papelzinho e acendeu um fósforo, fez isso justamente no mesmo lugar em que haviam queimado certa vez as cartas petulantes da tia. O endereço voou: fiapo viajante e cálido, mas já indigno de uma olhadela.

E por falar na tia: nos últimos meses suas cartas não chegavam: nada, nem uma. Como se a famosa tivesse inclusive morrido, ou como se no céu já não tivesse graça escrever.

Visto em retrospecto, tudo se reduzia ao indício afortunado de se assumir de novo apenas como gêmeas que se encaramujam.

O que sempre tinham sido: a paixão de ser uma que não cessa de ser: duas, aqui, tantas coisas. Fusão reelaborada.

Dançar, rir, também embriagar-se: por que não? Cantar, enfim: música e labirintos!... Também, o real: receber os clientes, despedir-se deles com alegria, sim? Mas a oficina precisava de mudanças, adornos?, quais? No momento: branquear as paredes, encher de bugigangas e de fotografias que com a câmera elas foram tirando de paragens que há ali perto: tarefa de domingo. E o famoso cartaz: ... LIMITE-SE AO QUE LHE DIZ RESPEITO..., arrancá-lo de uma vez para se abrir às pessoas, entregando-se por inteiro às fabulações que cotidianamente vão e vêm; no entanto, ao fazê-lo, não faltou quem fosse ousado e logo perguntasse de canto a uma delas:

— Escute, e o namorado que não sei qual das duas tinha?, pois onde está, por onde anda? Porquê... Ninguém deste povoado o viu mais.

— Ai, nem me pergunte... É algo doloroso... Ele morreu há meses, quando viajava para o norte num ônibus. O horrível acidente aconteceu bem perto de Múzquiz - disse uma das duas.

— Uh, eu realmente sinto muito e até me envergonho por ter perguntado; é que não sabia, e a verdade é que acho que ninguém deste povoado sabe disso... Pobrezinha... Segundo entendi, já iam se casar, não é?... Hum, me solidarizo com sua dor. Mas se eu tivesse sabido antes, tinha trazido flores.

Bom pretexto, a morte: bom disfarce: fantástica mentira ou dura realidade... Fora isso, a mesma coisa: ir unindo pedaços com o afã de sempre: exageros cheios de gás. Arte e confecção, levá-las ao ponto do estremecimento, assim como o ambíguo imediatismo de brincar de viver acreditando que eram uma: manhã, tarde e noite: círculo, afinal: vicioso e não vicioso: que ainda pretende rodar: porque sim: como seja: como for acontecendo.

Graça e malícia

Adriana Jiménez

A primeira edição de *De duas, uma* foi apresentada na Espanha, em novembro de 1994. Ali, Carlos Fuentes saudou o autor, Daniel Sada, como uma revelação para a literatura mundial. Anos depois, a história seria levada ao cinema por Marcel Sisniega; o roteiro, feito em colaboração com o escritor, mereceu o prêmio da crítica independente no festival de cinema de Mazatlán, em 2001.

À reedição, em fevereiro de 2002, seguiu-se a tradução ao francês. *L'Un est l'autre*, em versão de Robert Amutio, saiu pela Les Allusifs em setembro do mesmo ano.

Em 2015, o livro veria a luz nos Estados Unidos: *One Out of Two* foi traduzido por Katherine Silver, também tradutora de *Casi nunca*, ganhador do prêmio Herralde (*Almost Never*, em inglês). Ambos os romances foram lançados pela Graywolf Press e receberam críticas muito elogiosas no *New York Times*, entre outros meios impressos e eletrônicos.

Esta história de gêmeas astutas e cândidas ao mesmo tempo – que vivem e sobrevivem em um povoado do deserto, refratárias a toda influência externa e que constituem um universo autossuficiente à força de insistir em sua semelhança – está construída com uma deliberada economia de meios e é, de algum modo, um caso à parte na obra de Daniel Sada.

Quando a escreveu, o autor já era considerado um estilista da linguagem, um culterano e barroco do século XX; o escritor mais formalista de sua geração, *um artesão impecável*, nas palavras de Álvaro Mutis. Entrevistado pela revista *Proceso*,

Daniel manifestou sua intenção de experimentar outros caminhos; explicou sua deliberada aposta na contenção de suas tendências caudalosas e estabeleceu as chaves dessa economia de meios:

> Desde que iniciei a escritura de meu romance, decidi não ser demasiado enfático com a linguagem. Uma das mudanças em relação a meus livros anteriores consistiu em utilizar frases curtas, diálogos e sobretudo me restringir exclusivamente à história, sem divagações de nenhum tipo. A intenção é colocar o leitor de imediato na anedota. [Antes] sempre se impunha o "como", e o leitor tinha que descobrir a história entre os sortilégios da linguagem.*

Foi nessa mesma entrevista que ele declarou ter seguido o modelo de *Aura*, de Carlos Fuentes, *Bartleby*, de Herman Melville, e de *Assassinatos na rua Morgue*, de Edgar Allan Poe. Isso fica evidente no que se refere à brevidade e ao recurso de depositar no não dito todo o peso da história.

Habituado aos textos de largo fôlego, à prosa medida segundo os cânones da métrica dos séculos de ouro, ao léxico exuberante, rico em neologismos, arcaísmos e construções sintáticas extremamente derivativas – recursos todos colocados em jogo em livros como *Registro de causantes*, que lhe valeu o prêmio Xavier Villaurrutia em 1992 –, decidiu exercer uma lisura retórica na contracorrente de suas tendências naturais, à maneira proposta por Flaubert, quando empreendeu a escritura de *Madame Bovary*.

Em *De duas, uma*, o assunto também é mínimo e o entorno, sem graça; não há grandiloquência nem grandes expectativas. Mas a linguagem emprega todo seu vigor e revela caracteres

* *Proceso*, 26 de dezembro de 1994.

muito mais complexos do que se poderia apreciar à simples vista, ao estabelecer a distância crítica precisa a respeito do entorno em que as irmãs se movimentam e aplicam seu poder. Na apropriação do destino que lhes coube viver, revelam-se os curtos alcances de Gloria e Constitución, mas também a força e a destreza com que aproveitam a estreita margem de liberdade do deserto em que transcorrem suas vidas – e na qual, no entanto, se movem como peixes n'água.

A anedota é sucinta; o conflito, supreendentemente básico. Todavia, a penetração do olhar do narrador é tão profunda, e seu modo de enunciar tão eloquente, que fica impossível não se envolver inteiramente nessa história na qual a vontade de *tornar-se uma* – frase que alude aos que, cúmplices, excluem o mundo enquanto conspiram – prevalece contra as soluções da individualização e da *normalidade*.

O resultado é um romance cheio de graça e de malícia. As gêmeas Gamal executam suas ações e experimentam suas crises sem maiores estridências; extraem do deserto os prazeres que lhe são acessíveis e satisfazem suas escassas necessidades uma na outra. Sua semelhança é uma prisão confortável, à qual se ajustam com prudência. A possibilidade de romper a simbiose representa, também, a claudicação. As seguranças que a certeza dá opõem as fortunas da especulação. Literalmente preferem *espelhar-se* em vez de ceder à tentação das certezas que o mundo dá: a vida conjugal, as doçuras do lar provinciano. Optam por melhor se ver uma na outra. *De duas, uma*: uma é a outra, ou as duas *tornam-se uma*.

Se na maioria de suas obras Daniel Sada desdobra os artifícios da retórica amplificadora sem reparos, em *De duas, uma* o que ele executa majoritariamente é um artifício de oralidade enganosa, despojada, que deriva da visão; de um sagaz escrutínio da realidade, mais que de uma exploração dos ritmos e das cadências da voz.

Nesse sentido, o autor segue os postulados do naturalismo francês do século XIX. Não à toa, um de seus livros de cabeceira era *O romance experimental*, de Émile Zola. Em toda história, conforme costumava dizer, o que mais importa é o ponto de vista. Deve-se conhecer intimamente o personagem: este deve ser explorado a partir de todos os ângulos.

A memória joga aqui um papel fundamental, uma vez que o autor recorre à própria infância para armar a trama dessas gêmeas soberbas e vagamente perniciosas; mas o conhecimento íntimo dos personagens deve sempre deixar uma margem à conjectura; o paradoxo é que é preciso contribuir com a maior quantidade possível de informação na história, mas ao mesmo tempo há que se abrir espaço ao mistério e permitir que a ambiguidade permaneça. E – isto é essencial – é preciso conservar um olhar distante, crítico e descontraído para evitar os lastros da solenidade e deixar que os absurdos apareçam, não como estranhezas nem extravagâncias, senão como a essência mesma da atuação humana.

"Explorar na linguagem vernácula é tão difícil como fazê-lo na metafísica. O léxico popular é uma enorme caldeira cheia de mistérios a serem resolvidos", disse Sada na entrevista mencionada. Posso vê-lo sentado, fumando, com uma xícara de café turco ao lado; assim criou as gêmeas intransigentes e *labirínticas*. Os dedos manchados de nicotina, os olhos alucinados. Para um escritor a quem o mundo parecia pouco, comparado com o que era capaz de ver cérebro adentro, o tempo nunca seria suficiente, ele dizia, para contar todas as histórias que trazia na cabeça.

Mas esta lhe veio rápido e bem. Essas irmãs que podiam prescindir do mundo externo em sua oficina de costura estiveram em seu imaginário desde muito antes que a história fosse vertida no papel; estavam ali desde a infância atordoada de quem espiava duas tias cujo maior tesouro era a coleção de pasquins sensacionalistas, que contavam fatos de sangue, que elas liam com suas próprias variações e acréscimos, uma e outra vez, uma e outra vez, sempre satisfeitas por se deleitar com crimes passionais, fraudes engenhosas e prodígios disparatados.

Quem assistiu às oficinas de Daniel Sada sabe bem: essas tias solteironas não eram gêmeas, mas *tornavam-se uma* com tanta naturalidade que bem poderiam tê-lo sido. E o futuro narrador – que depois de escutá-las por toda a tarde por detrás da porta ia se deitar e padecia de horrendos pesadelos – ia absorvendo a destreza para contar histórias, enquanto, por uma série de felizes circunstâncias, era induzido a aprender de cor os poemas de Lope, Quevedo, Góngora.

A isso Sada atribuía o caráter de sua obra. Para ele, parecia impossível que se pudesse ser escritor sem ter escutado, era inconcebível que se pudesse ser bom narrador sem ter lido poesia. Recomendava praticar as formas métricas dos séculos de ouro, mas desaconselhava redondamente ficar nelas. Nunca tentou, como tantos que dirigem oficinas de escrita, fazer que se aderissem a seus gostos, muito menos que o tomassem como um modelo de conduta literária. Fugia da autocomplacência; recomendava de maneira enfática não se aderir a fórmula nenhuma.

Adriana Jiménez García
Fevereiro de 2016

A tradutora agradece a Samuel Titan Jr.,
Laura Hosiasson e Adriana Jiménez.

Grafia atualizada segundo o Acordo Ortográfico da Língua
Portuguesa de 1990, que entrou em vigor no Brasil em 2009.

capa
Elisa v. Randow
preparação
Andressa Bezerra Corrêa
revisão
Eloah Pina
Rafaela Biff Cera
produção gráfica
Aline Valli

Dados Internacionais de Catalogação na Publicação (CIP)

——

Sada, Daniel (1953-2011)
De duas, uma: Daniel Sada
Título original: *Una de dos*
Tradução: Livia Deorsola
São Paulo: Todavia, 1ª ed., 2017
104 páginas

ISBN 978-85-93828-23-2

1. Literatura mexicana 2. Romance
I. Deorsola, Livia II. Título

CDD 860.9

——

Índices para catálogo sistemático:
1. Literatura mexicana: Romance 860.9

todavia
Rua Luís Anhaia, 44
05433.020 São Paulo SP
T. 55 11. 3094 0500
www.todavialivros.com.br

fonte
Register*
papel
Munken print cream
80 g/m²
impressão
Geográfica